ベリーズ文庫

策士なエリート御曹司は最愛妻を溢れる執愛で囲う

きたみ まゆ

STARTS
スターツ出版株式会社

目次

策士なエリート御曹司は最愛妻を溢れる執愛で囲う

特別書き下ろし番外編

策士なエリート御曹司は最愛妻を溢れる執愛で囲う

プロローグ

その日、私は家族と共に高級ホテルに来ていた。

「穂香《ほのか》、綺麗だよ。そうやって髪を結うと母さんの若い頃にそっくりだ。白い肌に深紅の着物が本当によく似合っている」

隣にいる父が、振袖姿の私を見て感極まったように言う。

父は私に、亡くなった母の面影を重ねているんだろう。セミロングの黒髪と色白の肌、そして大きな瞳が母に似ていると、小さな頃からよく言われてきた。

「ありがとう、お父さん。青島《あおしま》さんにも気に入ってもらえるといいんだけど」

「気に入らないわけがないだろう。こんな美人と結婚できるなんて幸せだって大よろこびするに決まってる」

恥ずかしげもなく親バカな発言をする父に、思わず苦笑いする。

私、芹沢《せりざわ》穂香はお見合いをする。今日はそのためにこのホテルにやってきた。

お見合いといっても形だけで、主な目的は親族同士の挨拶だ。すでにお相手の青島健司《けんじ》さんとは面識があり、こちらにこの縁談を拒否する権利はなかった。

「姉ちゃん。本当にあの男と結婚する気？」

一緒にいた弟の空《そら》が私を見上げてたずねる。

「空。あの男なんて言っちゃダメだよ」

私がたしなめると、空は不満そうに顔をしかめた。

「だってあいつ、姉ちゃんより十五歳も上なんだよ。しかも成金で趣味が悪いし」

小学六年生の空は色白の肌とサラサラの黒髪で、天使のようにかわいいと褒められるほど綺麗な顔をしている。けれどそんな外見に反し、中身は大人びていてなかなかの毒舌だ。

「そんなこと言わないの。青島さんは困ってる我が家を助けてくれるんだから、感謝しなきゃ」

お見合い相手の青島さんは母のいとこで、いろいろな会社の株を売買し利益を得ている投資家だ。

六年前。母の葬儀に参列したのをきっかけに、飲食店の経営がうまくいかず困っていた父を気にかけ、アドバイスをしてくれるようになった。そして店が営業できなくなり窮地に陥った父に、私との結婚と引き換えに援助を申し出てくれたのだ。

「姉ちゃんはまだ二十六歳なのに、家のために結婚して人生を捨てるなんてバカげてるよ」

「人生を捨てるわけじゃないよ。私はちゃんと考えて……」

「でも、姉ちゃんはアメリカに悠希《ゆうき》さんって恋人がいるじゃん！」

その名前を聞いた瞬間、私を見下ろし、意地悪に笑う彼の顔を思い出した。

柔らかな茶色の髪に、透明感のある瞳とはっきりとした二重が印象的な甘い顔立ち。すっと通った鼻筋は男らしく、いつも余裕のある笑みを湛える唇は色っぽい。

そこにいるだけで周囲の空気を変えてしまうくらい存在感のある、とても魅力的な男性。悠希さんと過ごした時間を思い出し、胸が締めつけられるように苦しくなった。

「……違うの。悠希さんは恋人のフリをしてくれただけで、付き合ってなんかなかったの」

「恋人のフリ……？」

「うん。空を安心させたくて。嘘をついてごめんね」

信じられないという表情で私を見つめる空に謝る。

悠希さんとはアメリカで偶然出会い、私のために恋人のフリをしてくれた。一緒に過ごすうちに私は彼に恋をしたけど、悠希さんは同情で親切にしてくれただけだ。

彼みたいに魅力的な人が私なんかを好きになってくれるわけがないって、ちゃんとわかってる。

「でも、姉ちゃんは悠希さんが好きなんでしょう?」

その質問に答えられず視線を落とした。

黙り込んだ私に向かって、空がじれったそうに言う。

「やっぱり考え直しなよ。姉ちゃんはあんな奴と結婚するべきじゃないって!」

十歳以上年下なのにいつも私を心配してくれる、しっかり者で過保護な弟に小さく笑った。

「ありがとう、空。でも私は青島さんと結婚する」

どうせ好きな人と結ばれないのなら、家族のためになる結婚をした方がいい。

私の母は六年前に病気で亡くなり、それから父は男手ひとつで私たちを育ててくれた。そんな父に恩返しがしたいし、空はまだ小学生でこれからもっともっとお金がかかる。

私の結婚でふたりが幸せになるんだから、この決断は間違ってない。

「青島さんと結婚すれば、玉の輿に乗って優雅な生活が送れるんだよ?　こんなラッキーな話ないよ」

空を心配させないように、明るく笑う。

いた。

「ほら。もうすぐ約束の時間だから行こう？」

そう言って歩き出そうとすると、それまで話を聞いていた父が私を見つめて口を開いた。

「穂香には、好きな人がいるのかい？　それなら……」

真剣な表情の父に、慌てて首を横に振る。

「違う違う。悠希さんにはお世話になっただけで、好きとかそういうんじゃないから」

「姉ちゃん、本当に好きじゃないの？　悠希さんのこと」

空の問いかけを聞いて、胸が苦しくなった。

私に向けられる強いまなざし。からかうような口調に意地悪な笑み。有能さに裏付けされた強引で少し不遜な態度が、とても魅力的だった。

そのくせ不意に無防備な一面を見せたり、子どもっぽいわがままを言ったりして私を振り回す、ずるい男。

「悠希さんのことなんて、好きじゃないよ」

必死に気持ちをごまかそうとしたのに、鼻の奥がつんと痛くなる。

ダメだ、これからお見合いなのに、泣いたらメイクが崩れてしまう。

涙をこらえようとうつむき唇を噛みしめた時、艶のある低い声が響いた。

「……へぇ。俺のことなんて、好きじゃないんだ？」

私は信じられない気持ちで顔を上げる。

そこにいたのはスーツ姿の長身の男性。私がずっと想い続けていた人――吉永《よしなが》悠希さんだった。

「どうして……？」

アメリカにいるはずの彼が、どうしてここに。

混乱する私を見下ろし、悠希さんが眉を寄せる。

「どうしてじゃないだろ。俺がどれだけ必死に日本へ帰ってきたと思ってるんだ」

強い口調で言われ、混乱がさらに大きくなる。

「な、なんでそんなに怒ってるんですか？」

「なにも言わずに俺の前から消えた上に、他の男と見合いすると知ったら、怒るに決まってるだろ」

決まってると言われても。私がお見合いしたところで、彼には関係ないはずなのに。

困惑する私に、悠希さんはとんでもない発言をした。

「結婚するなら俺にしておけ」

そう言い切られ、驚きで呼吸することを忘れそうになる。

私と悠希さんが結婚……？

頭の中で反芻して、慌てて首を横に振った。

「なに言ってるんですか。そんなの無理です……！」

「事情は調べた。家の借金を肩代わりしてもらうために結婚するだけで、相手の男を好きなわけじゃないんだろ。だったら相手が俺でも問題ない」

「でも、悠希さんと私とじゃ釣り合わないですし、家柄も立場も違いすぎます。ご家族に反対されるに決まってます！」

「じゃあ、その不安を解消するためにこれから俺の実家に行くぞ」

なんのためらいもなくそう言われ、私は目を瞬かせる。

「え？　ご実家に？」

「お前を結婚相手だと紹介して、両親を納得させればいいんだろ」

「待ってください。なにその急展開！」

混乱しすぎてついていけない。

頭を抱えた私を無視して、悠希さんは父を振り返った。

「ご挨拶が遅れて申し訳ありません」

彼はそれまでの不遜な態度とは別人のように、よそ行きのさわやかな笑顔で言う。

「『吉永自動車』で専務取締役をしております、吉永悠希と申します」

紳士的な態度で自己紹介をし、優雅な仕草で名刺を差し出した。

「よ、吉永自動車って……、あの……？」

名刺を受け取った父が絶句する。

吉永自動車は国内一の売り上げを誇る大企業だ。そんな会社の取締役がこんな場所にやってくるなんて、しかも私と結婚すると言い出すなんて、信じられなくて当然だ。

口をぱくぱくさせる父に向かって、悠希さんはにこやかに頷く。

「現在は父が社長を務めており将来的には兄が会社を継ぐ予定ですが、私も経営者のひとりとして吉永自動車をより多くの人に愛してもらえるよう、尽力していくつもりです」

華やかな外見に、優雅な物腰、自信がにじむ落ち着いた口調。彼のすべてが魅力的で、本当にずるいと思う。

堂々とした態度の悠希さんと対峙した父は、興奮で頬を紅潮させながら「こんなご立派な人が、穂香と結婚したいと言ってくれるなんて……」と呟く。

少し言葉を交わしただけで、父がすっかり悠希さんを気に入ってしまったのが伝わってきた。

そんなやり取りをしていると、「穂香ちゃん」と名前を呼ばれた。

振り返ると、お見合い相手の青島さんがこちらに向かってくるのが見えた。黒縁の眼鏡に明るい色の短髪、そして艶のある少し派手なスーツ姿の彼が、私の隣にいる悠希さんを見て眉を寄せる。

「お前、アメリカの店にいた男だよな。なんでここに……」

青島さんがこちらに怪訝な視線を向け、呟いた。

悠希さんはそんな彼を見下ろしながら私の腰に手を回す。そのまま悠希さんの方に引き寄せられ目を瞬かせた。

「悪いが、穂香はお前とは結婚させられない」

「はぁ？」

「穂香は俺がもらっていく」

悠希さんははっきりとそう宣言すると、私を抱き上げた。

まるで荷物でも運ぶかのように軽々と肩の上に担ぎ上げられ、「えぇっ！」と声が漏れる。

「ふざけるな、そんなこと許すわけないだろっ！」

青島さんが怒りをあらわにしてこちらに向かってくる。その進路を遮るように、父が青島さんの前に立った。

「青島さん。申し訳ないですが、穂香との結婚はなかったことにしてください」

「今までどれだけ世話してやったと思ってるんだ！　店がつぶれてもいいのかっ⁉」

「店よりも、娘の幸せの方が大切です」

怒鳴る青島さんにそう言ってから、父がこちらを向いた。

「穂香、行きなさい。青島さんにはお父さんから謝罪しておくから」

「お父さん、でも……っ」

悠希さんは父の言葉に「ありがとうございます」と頭を下げ、私を肩に担いだまま歩き出す。

「ゆ、悠希さん、下ろしてくださいっ。私は青島さんとのお見合いが……っ」

肩の上でじたばたしながらお願いしたけれど、「他の男と見合いなんてさせるわけがないだろ」ときっぱりと拒否された。

「そんな……」

彼の肩に担がれながらうしろを見る。怒る青島さんとは対照的に、弟は満面の笑みで、父は感極まって涙目になりながらこちらに手を振っていた。

「姉ちゃん、よかったね－！」

「穂香、幸せになるんだよ……！」

そんなふたりに見送られながら、私はパニック状態のまま悠希さんに担がれ、問答無用でホテルから連れ出された。

魅力的すぎる彼との出会い

悠希さんとの出会いは二カ月ほど前。

私はアメリカのテキサス州にある日本料理店『せりざわ』で働いていた。

ここは父が経営している日本料理店『割烹　せりざわ』の、海外初進出のお店だ。

せりざわはもともと母の実家で、海の近くの小さな町にお店があった。

両親は二十歳という若さで私を授かり、父が婿入りする形で結婚。しっかり者の母とお人よしの父は、ふたりで助け合いながら一生懸命働いた。

のれん分けした店を都心で始め、漁港から直接仕入れる新鮮な海産物と美味しい料理が評判になった。

生活に余裕ができ、年の離れた弟も産まれ、すべてが順調に思えた六年前。母の病気が発覚した。進行性の病気はあっという間に体を蝕み、母は私が大学生の時に天国に旅立ってしまった。

父は最愛の妻を失った悲しみを抱えながら、子育てと仕事を必死に頑張ってくれたけれど、お店はどんどん傾いていった。

そんな時に助けてくれたのが、母のいとこの青島さんだった。

「穂香ちゃん。どう？　海外一号店のこの店の調子は」

カウンターに座り親しげに声をかけてくれたのは、その恩人の青島さん。

今日は仕事でアメリカに来たらしく、わざわざお店の様子を見に来てくれたのだ。

「ありがとうございます。おかげさまでなんとか」

私は彼におしぼりを渡しながら微笑む。

「これからは日本国内だけじゃなく、海外に目を向けないとね。ここテキサス州には日本企業もたくさんあるしアメリカで一番伸びてる地域だから、絶対に狙いめだと思ったんだ」

赤字だらけのせりざわの再起を図るために青島さんが提案してくれたのが、海外への出店だった。

海外一号店なんて大袈裟に言うけれど、スタッフは父から店を任された私と、日本からついてきてくれた料理人の平川《ひらかわ》さんのふたりだけ。

しっかりとした日本式のおもてなしができるよう、厨房が見えるカウンター席と個室がふたつという、アメリカではめずらしいこぢんまりとしたお店だ。

開店して半年。なんとか利益は出ているものの、東京《とうきょう》のお店の赤字を補填できるほどの売り上げはなく、調子がいいとはとても言えない。

今も店内にいるお客様は青島さんだけというさみしい状態だった。

「もっとたくさんのお客様に来てもらえるといいんですけど」

私が本音を漏らすと、青島さんが身を乗り出した。

「話題になるような目玉料理を作ったらどうかな。お造りにタコスミートをのせたり、アボカドを天ぷらにしてみたり」

「ええと、それは……」

彼から提案されたメニューは、本格的な日本料理を提供するこの店には相応しくないものばかりだ。

私がリアクションに困っていると、カウンターの中で調理をしている平川さんが、「無理ですね」と答えた。

「せっかく苦労して集めた新鮮な食材を、台無しにするような料理は作れません」

平川さんは私より十歳上の三十六歳で、とても腕のいい板前さんだ。

普段は穏やかな彼だけど、なぜか青島さんが相手だとものすごく素っ気なくなる。

多分相性が悪いんだと思う。

自分の提案を却下された青島さんは、不愉快そうに平川さんを睨む。

「はぁ？　板前風情が、なんだよその生意気な言い方は」

「私はただの料理人ですが、料理についての知識はあなたよりもあります」

「俺はこの店のアドバイザーなんだぞ」

険悪な雰囲気に、慌ててふたりの間に割って入る。

「青島さん、貴重なご提案ありがとうございます。青島さんは世界中でお仕事をしているから、発想が柔軟ですよね」

私がなんとかフォローすると、青島さんは笑顔になる。

「そうだろ？　さすが穂香ちゃんはわかってるね」

「メニューの構成や食材なんかもいろいろ考えてみますね」

そう言いながら平川さんに目配せをした。

「平川さん。明日お酒の発注をかけるので、在庫を確認してもらっていいですか？」

私がお願いすると、平川さんは小さく肩を上げる。

「わかりました」と頷いて裏へと入っていった。

青島さんは私とふたりきりになると、「メニューもそうだけど……」と口元に笑みを浮かべる。

「穂香ちゃんの服装を変えてみてもいいんじゃないかな」

「この服装じゃだめですか？」

私が着ているのは小豆色の作務衣に藍色の前かけだ。ちなみに平川さんは清潔感のある白い調理白衣。ふたりとも日本料理店らしい服装で揃えている。

「穂香ちゃんは美人なんだから、そんな地味な格好じゃもったいないよ。もうちょっと肌を出して女性らしさをアピールするとか」

「アメリカのお客様には、この伝統的な日本スタイルが好評なんですけど……」

戸惑いながらそう言う私をよそに、青島さんは笑顔で続ける。

「いろいろアドバイスしてあげるから、店が終わってから俺が泊まってるホテルにおいでよ」

「ホ、ホテルはちょっと……」

私が断ろうとすると、青島さんの表情が曇った。

「もしかして、なんか勘違いしてる？　俺は店のことを思って厚意で言ってあげてるんだけど」

青島さんは店の経営のアドバイスをしてくれている恩人だ。そんな彼に失礼な態度を取って怒らせるわけにはいかない。そう思い、慌てて首を横に振る。

「もちろんそれはわかってます。ただ、忙しい青島さんにご迷惑をおかけするのは申し訳ないなと思って」

「穂香ちゃん、こういう時は素直に甘えないと逆に失礼になるんだよ」

「す、すみません」

「わかったならもうちょっと俺に感謝して、かわいげのある態度を取ってもいいんじゃないかな」

青島さんが身を乗り出しこちらに手を伸ばす。彼が私の頬に触れようとしているのがわかった。

触れられるのは嫌だけど、拒絶したら青島さんを怒らせてしまうかもしれない。そう思い、ギュッと目をつぶる。

その時、『――失礼』と英語で話しかけられた。耳心地のいい艶のある声。

驚いて顔を上げると、スーツ姿の三十代くらいの男性が青島さんの腕を掴んでいた。

「な、なんだよお前……っ」

突然腕を掴まれた青島さんは、動揺しながら男性を睨む。

その男性は青島さんの腕を掴んだまま、落ち着いた表情で私を見た。

『この店は営業中？　入ってきても問題なかった？』

綺麗な発音の英語で問われた。

青島さんの言動に動揺していて、お客様が入ってきたのに気付けなかった。

『失礼しました。大丈夫です』

こくこくと首を縦に振ると、くっきりとした二重の目元が優しく緩む。

少し明るい茶色の髪に華やかで甘い顔立ち。透明感のある瞳の光彩がとても綺麗で見とれそうになる。

そして彼は見上げるほど背が高かった。多分、百八十五センチくらいあると思う。日本人に見えるけど……。とても綺麗な英語を話し、立ち居振る舞いに自信があって堂々としていて、日本人離れした印象の人だった。

『そう。よかった』

彼は私に笑いかけてから、青島さんを見下ろす。

艶のある彼の声が、ぐっと低くなった。

『ところであなたはなにをしていた？　客という立場を利用して、無理やり彼女を口説こうとしているように見えたが？』

威圧的な口調で問われた青島さんは目を白黒させる。きっとたたみかけるような彼の英語をうまく聞き取れなかったんだろう。

それでも自分が批難されていることは伝わったのか、青島さんの顔に焦りが浮かぶ。

「ええと、あの……っ」

『女性に無断で触れるのは、日本でもアメリカでも許されない。それくらい常識だと思うが、わからないなら警察を呼ぼうか？』

「け、警察……？」

警察という言葉は聞き取れたようだ。青島さんの表情が変わった。

男性は動揺する青島さんの腕を掴んだまま、冷たい目で見下ろす。

そんな彼に見据えられ、青島さんの額に冷や汗が浮かんだ。掴まれた腕を振り払い、慌てた様子でイスから腰を浮かした。

「ちょっと用事を思い出したから、そろそろ帰ろうかな……っ」

そう言ってバッグを持つと出口に向かう。

「あ、青島さん……」

「穂香ちゃん。支払いは今度まとめてするから」

ありがとうございましたと言う暇もなく、青島さんは店を出ていった。

ぽかんとしながら出口を眺めていると、長身の彼がやれやれというように息を吐き出した。

「面倒な客に絡まれて災難だったな」

さっきまでの威圧的な英語ではなく、柔らかい日本語でそう言う。

その発音で、彼は日本人なんだとわかった。

彼は私が困っているのを察して、助けてくれたんだ。しかも、同じ日本人として日本語で注意するよりも、英語の方が角が立たないと判断して。

機転を利かせてくれた彼の頭の回転の速さに驚く。

「ありがとうございました。すみません、ご迷惑をおかけして」

「余計なお世話だろうけど、興味のない男に口説かれた時は毅然と対応した方がいい。曖昧な態度は男をつけ上がらせる」

「あ、いえ。青島さんはお店の経営のアドバイスをしてくれていただけで……」

私が説明すると、彼は形のいい眉をひそめた。

「経営のアドバイスをするのに、君に触れる必要があるのか？」

「それは……」

そんな会話をしていると、裏から平川さんが戻ってきた。

「いらっしゃいませ」と男性に向かって頭を下げてから、私に視線を向ける。

「穂香さん、なにかありましたか？」

お客様を座らせもせず立ち話をしているのを見て、不思議に思ったんだろう。

「いえ、その……」

「彼女が先ほどいた客に、強引に口説かれそうになっていたので」

私が口を開こうとすると、代わりに男性が答えた。それを聞いた平川さんが「またですか。あの男は本当にしつこい」とため息をつく。

「しつこいって、いつもあんな風に？」

男性は眉をひそめ私を見る。心配してくれているのが伝わってきて、優しい人だなと思った。

「青島さんは少しスキンシップが多くて困ってはいるんですが、父がお世話になっている人なので」

そう言ってから彼を見上げる。

「お席にご案内もせず失礼しました。カウンターでよろしいですか？」

彼は「あぁ」と頷いて席に着く。

カウンターの前に置かれた高さのあるイスに座っても余裕なほど足が長い。長身でスタイルがいい上に、顔立ちも甘く華やかでものすごくカッコいい。

着ているスーツも洗練されているし、身に着けているものも一流品だ。お金に余裕があるセレブなのは間違いない。

ただそこにいるだけなのに勝手に視線が吸い寄せられる、存在感のある人だなと思う。もしかしてモデルさんか俳優さんだろうか。

「なににしましょうか」

「おまかせで軽めのものを。飲み物は……」

そう言った彼に、飲み物のリストを手渡す。

「日本のお酒もご用意してますよ」

「あ。日本のビールがある」

お気に入りの銘柄があったのか、整った顔に笑みが浮かんだ。

さっきまで余裕がある大人の男性に見えた彼が、急に無邪気な印象になる。ものすごくカッコいいのに、まったく飾らない自然体が魅力的だなと思った。

なんというか、とんでもなくモテそう。そんな感想を抱く。

平川さんが作った料理を食べた彼は、うれしそうに顔を輝かせた。

「うまいな。これ、こっちでとれた魚ですか?」

「いいえ。日本から超低温冷凍で運んだものです。こちらでとれるものより品質が安定しているので」

平川さんの言葉に、彼は感心したように頷く。

「サプライチェーンがしっかりしてるのと、腕のいい板前さんがいるおかげで、海外でもここまで美味しい日本食を食べられるんですね」

「ありがとうございます」

いつもは控えめな平川さんが今日はめずらしく饒舌だなと思いながら、そのやり取りを眺める。

出てきた料理を美味しそうに食べ、興味を持っていろいろたずねられたら、平川さんも板前冥利に尽きるんだろう。ついつい話したくなる気持ちがわかる。

彼は私たち店員に対して偉ぶるような態度は見せず、心から食事を楽しんでくれていた。

経済的にも精神的にも余裕のある本物のセレブは、誰に対しても穏やかに接する。母が昔そんなことを言っていたなと思い出す。

「この店はいつからここで？」

「半年ほど前です。それまでは東京の本店の方に」

「そうなんですね。たまたま通りがかって入ってみたんですが、いい店を見つけられてラッキーだったな。今度、仕事での会食に使わせてもらっても？」

「もちろんです。差し支えなければ、お名前をお聞きしてもいいですか？」

平川さんの問いかけに、彼が口を開いた。

「吉永といいます」

「吉永様……」

平川さんが彼の名前を聞いて、なにかに気付いたように呟く。

「もしかして」

平川さんの問いかけに、吉永さんは「えぇ。まぁ」と小さく頷く。

名前を聞いただけで平川さんがこんな反応をするということは……。

「やっぱり、吉永様は芸能人なんですか？」

私がたずねると、ふたりがそろってこちらを見た。

「芸能人？」

首を傾げられ、見当外れな発言をしてしまったんだと気付く。

「すみません。とても存在感がある方なので、アメリカで活躍されてるモデルさんか俳優さんなのかなと思って……」

慌てて謝ると、吉永さんがくすりと笑った。

「へぇ。モデルと勘違いするくらい、俺のことをカッコいいって思ってくれたんだ？」

からかうような流し目を向けられ、その色っぽさに鼓動が一気に速くなる。

「いえっ、その……！」

「冗談。吉永様と呼ばれるのは落ち着かないから、悠希でいい」

ちょっと意地悪な彼に、深呼吸をしてから口を開く。

「で、では悠希さんと呼ばせていただきますね」

冷静を装いながらそう言うと、悠希さんはにこりと微笑む。

「俺は仕事の都合でアメリカに住んでる普通の日本人だよ」

カッコよすぎる外見も余裕のある物腰も、『普通の日本人』の範疇からは外れているような気はするけど……、と思いながら頷いた。

「さっきお聞きした英語がとても綺麗でしたし、こちらの方なのかなと思いました」

「アメリカに住み始めて、四年になるかな」

「四年であんなに流暢な英語を？」

「学生時代に留学したり、海外の友人が多かったり、英語を話す機会に恵まれていたから自然に。君は？」

質問を返され、目を瞬かせる。

「さっき男を威圧したくてわざと早口でまくし立てたけど、君は完璧に聞き取っていただろ。留学経験があったりする？」

「あ、私は独学で」

私の答えを聞いて、悠希さんは意外そうな顔をした。

「大学は事情があって辞めたんです。それから家業の店を手伝う合間に勉強をして」

「事情って？」

「ええと……」

私が口ごもると、代わりに平川さんが答えた。

「店の経営を一手に引き受けていた、お母様が亡くなられたんです」

その言葉を聞いて、悠希さんが顔を曇らせる。

「それは、大変だったな」

「もう、何年も前のことですから」と取り繕うように明るく言う。

「それで君は家族のために大学をあきらめたのか」

「父は大学を続けていいと言ってくれたんですが、自分で辞めることを決めました。その選択は間違っていなかったと思っています」

私がきっぱりと言うと、悠希さんは優しく頷いてくれた。

「大学を辞めて東京の店を手伝うようになったんですが、海外のお客様も多かったので、英語ができれば役立つかなと思って……」

海外からのお客様にもっと楽しんでもらうには英語が必要だと思った。流暢にしゃべることは難しくても、お客様の気持ちを汲み取る努力はしたい。そう思って勉強しているうちに、早口の英語でも聞き取れるようになった。

「努力家だな」

「自分にできることをしているだけです」

「そう言える君はえらいよ。すごく頑張ってる」

穏やかな口調で言われ、私はなぜか泣きそうになってしまった。慌てて深呼吸をすると、優しい視線を向けられ、さらに胸が詰まる。

「そうだ。天ぷらはいかがですか？　さくさくの薄衣が自慢なんですよ」

ごまかすように話題を変えると、悠希さんが「じゃあ、もらおうかな」と微笑む。

「おすすめは、生ウニの大葉包みととうもろこしなんです。ぜひ揚げたてを食べてください」

「へぇ。それは楽しみ」

調理をする平川さんを手伝いながら、悠希さんといろいろな話をする。

彼は黙っていると近寄りがたいくらいの美形なのに、まったく気取らずよく笑い、美味しそうに料理を食べた。

悠希さんは三十一歳で、この近くでひとり暮らしをしていると教えてくれた。私より五歳上だけど、立ち居振る舞いや会話からそれ以上の知識と経験の差を感じた。

彼に少しでも関わった人は、みんな虜になってしまうだろうな。とくに女性なら、こんな魅力的な彼を好きにならずにはいられないと思う。

お店が忙しくて恋愛に興味のない私ですら、思わずときめいてしまうくらいだから。

綺麗な顔立ちの彼に見つめられるたび胸がきゅんと跳ね、それをごまかすようにこっそり深呼吸をした。

食事を終えた彼に会計をするため伝票を挟んだホルダーを手渡すと、それを開いた悠希さんは顔をしかめた。

「これ、金額が間違ってないか？」

そう問われ、慌てて確認する。お出しした料理や飲み物はちゃんとチェックしていたから、間違いはないはずだけど……。

悠希さんは焦る私を見下ろして、「どう考えても安すぎるだろ」と言った。

「え？」

てっきり高いという意味かと思ったのに。真逆の言葉に目を瞬かせる。

「アメリカでこのクオリティの日本食を出して、この値段はありえない。桁をひとつ増やしてもいいくらいだ」

「そんな、桁をひとつ増やすなんて」

驚いて首を横に振ると、カウンターの中にいる平川さんが「私も安すぎると思います」と頷いた。

「でも、穂香さんがなるべく手軽な価格で本場の日本食を楽しんでもらいたいと、ぎりぎりの金額を設定しているんです」

平川さんの言葉を聞いた悠希さんが、あきれたように私を見る。

「それでも、日本のお店よりは高く設定してるんですよ」

「日本よりは高いだろうけど、アメリカの水準から見るとかなり安い。こっちの他の飲食店で価格調査をしたりは？」

「ええと……」

問いかけに視線を泳がせる。

アメリカに来て半年。こちらのレストランを利用したことはほとんどない。

物価の高いアメリカで外食するとものすごい金額になるし、自分の衣食住にお金をかけるくらいなら、日本の家族のために貯めておきたいから。

口ごもった私を見て、悠希さんが息を吐き出した。

「せめてこれくらいは払いたい」

彼はボールペンで伝票の金額を訂正し、クレジットカードをホルダーに挟んで私に返す。本物のセレブしか持つことを許されない、シックなデザインのブラックカードだった。

そこに書かれた金額を見て、慌てて首を横に振った。

「こ、こんなにいただけません……！」

「チップだと思ってくれればいいよ」

「そうだとしても高すぎます！」

「俺はこの店の料理にもサービスにも十分満足した。それ相応の金額を払わないと納得できない」

「納得できないと言われても……」

彼の気持ちはうれしいけど、こんなに高い額を払ってもらうわけにはいかない。どうすればいいのか困り眉を下げると、私を見た悠希さんが小さく笑った。

「黙って受け取ればいいのに。お人よしだな」

私はお人よしというわけではなく、ごく一般的な感覚を持っているだけだ。だって、必要以上のお金をいただいてしまったら、誰だって申し訳なくなると思う。

私が対応に困っていると、悠希さんが「じゃあ」と妥協案を出してくれた。

「今回は言われた金額で我慢する。その代わり、ふたりで食事に行こう」

「え？」

意味がわからず目を瞬かせる。

ふたりで食事って、もしかしてデート……？

そんな疑問が頭をよぎり、一気に頬が熱くなる。

今まで恋愛経験のない私が、男の人にデートに誘われたのは初めてだった。

「名前は？」

「せ、芹沢穂香といいます」

「じゃあ、穂香」

迷わず下の名前を呼ばれさらに動揺していると、悠希さんは私の顔を覗き込む。

「俺と食事に行くのは嫌か？」

整った顔でまっすぐに見つめられると、勝手に鼓動が速くなる。

「嫌、というわけではないですが、ふたりきりでなんて……っ」

私がぐるぐる考えていると、悠希さんが「ははっ」と声をあげて笑った。

「大丈夫、変な下心はないから」

その言葉に、きょとんとして目を瞬かせる。

「穂香はいろんなレストランに行って、こっちの飲食店事情を知って、少し社会勉強をした方がいいと思ったから誘っただけ」

さらりとした口調で言われ、肩から力が抜けた。

親切な彼は世間知らずな私に社会勉強をさせてくれようとしてるんだ。

そうだよね。冷静に考えれば、こんなに素敵な悠希さんが私なんかを相手にするはずがない。

「デートに誘われたと思ったんだ？」

「そ、そういうわけでは……っ」

自意識過剰な反応をしてしまった自分が恥ずかしくて、顔を熱くしながら首を横に振る。

そんな私を見下ろして、悠希さんは「かわいいね」とからかうように笑った。

人が取り乱すのを見ておもしろがってる。この人ちょっと意地悪だ。そう思いながら深呼吸を繰り返す。

「この店の定休日は？」

「ええと、日曜日です」

「了解」

悠希さんはそう言いスマホを取り出す。私と連絡先を交換し、お会計をして店を出ていった。

彼のうしろ姿を見送り、大きく息を吐き出す。心臓がまだドキドキしていた。

「魅力的な人だったね」

平川さんが厨房を片付けながらそんな感想を漏らした。

料理人の平川さんはお客様がいる時は敬語で話すけれど、私とふたりきりの時は口調が砕ける。彼は私が学生の頃からせりざわで働いてくれていて、従業員というより兄のような存在だからだ。

「平川さん、どうしましょう。ふたりで食事なんて断った方がいいですよね」

私が困り顔でたずねると「断るなんてありえないよ。絶対に行った方がいい」と即答された。

「でも……」

「あの人と親しくなっておいて損はないと思うよ」

平川さんが初対面の相手をこんなに信頼するなんて。悠希さんはいったい何者なんだろう。

「それに、穂香ちゃんは日本にいる時もアメリカに来てからも、プライベートを犠牲にしてお店のことばかり考えてるだろ。少しは余暇を楽しんだ方がいい」

「プライベートを犠牲にしているつもりはないんですが」

「じゃあ、先週の定休日はなにしてた？」

「ええと、お店の掃除をしてました」

「その前の週は？」

「たまった帳簿の整理を……」

平川さんの鋭い視線に、どんどん声が小さくなる。

「ほら。店の責任者の穂香ちゃんに仕事ばかりされると、俺まで休みづらくなる。仕事とプライベートの時間はしっかり分けて、休日を楽しむように。いい？」

冷たい視線を向けられ正論を言われると、返す言葉がなくなる。

私は身を縮めながら「わ、わかりました」と頷いた。

でも、男の人とふたりで食事をするなんて初めてだ。しかもあんな魅力的な人と……。

悠希さんの顔を思い出し、緊張で鼓動が速くなった。

からかいがいのある彼女　悠希ｓｉｄｅ

俺は裕福な家庭に生まれたことと恵まれた外見のおかげで、異性から好意を寄せられるのに慣れていた。

わざわざ自分から口説かなくても相手の方から寄ってくる。

学生時代は軽い気持ちで恋愛を楽しんでいたけれど、付き合う前はいい面ばかり見せるくせに、恋人になると途端に束縛したりわがままになったりする女性たちにうんざりし、次第に恋愛を面倒に感じるようになった。

大学を卒業し父の会社で働き始めてからは恋愛にも女性にも興味がなくなり、プライベートでデートをすることもなくなった。

周囲からは早く結婚して身を固めろと言われるけれど、俺には気楽な独身生活を続けるのが性に合ってると思っていた。

そんな俺が日本料理店で出会った穂香を食事に誘ったことに、自分でも少し驚く。

白い肌に、大きな黒い瞳。綺麗な黒髪をひとつにまとめ、小豆色の作務衣を着てきびきびと働く小柄な彼女に好感を持ったし、会話や態度から彼女の真面目さと一生懸命さが伝わってきた。

ころころ変わる表情がかわいいなとは思ったけれど、それは女性としてというより愛嬌のある小動物を見ているような気持ちで、下心はいっさいない。

多分、慣れないアメリカでけなげに頑張る彼女を見ているうちに、応援したくなったんだろう。

それに、俺の言動にいちいち照れたり慌てたりする彼女の反応がおもしろかったから、もう少しからかってみたくなっただけ。

そう考え、自分を納得させた。

日曜の午後。穂香と会う約束をし、待ち合わせの場所である彼女の店の前に車を止める。

約束の時間より二十分も早く到着してしまった。

時間にルーズな方ではないけれど、こんなに早く待ち合わせの場所に来るなんて、我ながらめずらしい。

そう思いながら車を降り、壁に寄りかかる。

今日は、白いインナーの上にグレーのジャケット、細身の黒のパンツというシンプルな服装を選んだ。そして、きつい西日を遮るために薄く色の入ったサングラスをしていた。

今は春のとても過ごしやすい時期でインナーだけで十分な気温だけど、ジャケットを羽織ったのはディナーにドレスコードのあるレストランを予約していたから。

腕時計で時間を確認すると、通りの向こうに穂香がいるのに気付いた。

彼女は俺の姿を見て、戸惑ったように足を止める。待ち合わせの場所にこんなに早く俺がいることに、驚いているのかもしれない。

穂香はいったんうしろを向いて、深呼吸をする。必死に気持ちを落ち着けようとする姿を見て、自然と笑みが漏れた。

何度か呼吸を繰り返してから、意を決したようにこちらを向く。そして近付いてきたけれど、緊張のせいか手足の動きが不自然だった。

その不器用さに笑いをこらえる。

「すみません。お待たせして」

俺はかけていたサングラスを外し、にこりと笑いながら硬い表情の穂香を見下ろした。

「謝らなくていいよ。俺が早く来すぎただけだから」

「早く来すぎたって……。時間を間違えたんですか？」

「いや。穂香に会えるのが楽しみで、待ちきれなかったんだ」

緊張する彼女をリラックスさせたくてそう言うと、穂香は目を丸くして言葉を詰まらせた。

「え、あの……っ」

みるみる顔が赤くなり、せわしなく視線が泳ぐ。

アメリカなら当たり前のように交わされるリップサービスでこんなに動揺するなんて、よっぽど恋愛慣れしていないんだろう。彼女の純粋さが微笑ましくて、肩を揺らして笑った。

「照れちゃった？　顔が真っ赤になってるけど」

ちょっと意地悪に言うと、穂香は慌てて首を横に振る。

「別に照れてませんっ」

顔を赤くしながら見え透いた強がりを言う。そんな反応をされると、もっとからかいたくなる。

「さっき俺を見つけた時、こっそり深呼吸をしてただろ」

「み、見てたんですか……？」

「必死に緊張を隠そうとする様子がかわいかった」

にこりと微笑むと穂香の頬がさらに赤くなる。

「からかわないでくださいっ」

「そうやって怒る顔もかわいいね」

「だから……っ！」

穂香はむきになってこちらを見上げる。

動揺したおかげで緊張が和らいだんだろう。さっきまでの硬さが嘘のように表情豊かになっていた。

「少しはリラックスできた？」

俺がたずねると、穂香はきょとんと目を瞬かせてからこちらを見る。

「もしかして、私の緊張を解くために冗談を言ってくれたんですか？」

「せっかく食事に行くのに、緊張していたら楽しめないだろ」

「……あ、ありがとうございます」

照れくさそうにはにかみながらお礼を言う。その様子を見てなぜか心臓のあたりがギュッと締めつけられた。

思わず言葉をなくしていると、穂香が不思議そうにこちらを見た。

「どうしたんですか？」

「いや、笑顔がかわいくてきゅんとした」

「もうリラックスしましたから、そういう冗談はいいですっ」

「まいったな。ころころ変わる表情が見たくて、もっとからかいたくなる」

軽く顔を傾け、穂香を見下ろす。俺と目が合うと、穂香はぐっと息をのんだ。

「そ、そうやって意地悪なことばかり言うなら、帰ります」

彼女の言葉を聞いて、「悪い」と素直に謝る。

「反応がかわいいから、調子に乗りすぎた」

「かわいいかわいいって、さっきから子ども扱いしてますよね？」

その問いかけに、まぁ明らかに年下だしな、と思いながら彼女を見下ろす。

穂香はコットン素材のワンピースに、薄手のパーカーを羽織っていた。そして足元はスニーカー。

かわいらしい彼女にカジュアルな服装は似合っているが、まるで学生のような格好だ。

男に食事に誘われて、この服を選ぶって。明らかにデート慣れしていない。

俺が女性とふたりで食事をする時、たいてい相手はものすごく着飾ってくる。胸元が大きく開いたワンピースや、深いスリットの入ったスカート。

見苦しいとまでは言わないけれど、好きでもない相手にあからさまな誘惑をされると正直うんざりする。

セクシーな魅力を強調し、なんとかしてベッドに誘おうと必死になる女性ばかりだったから、穂香のように俺を男として意識してない普段着がものすごく新鮮だった。

でも彼女の服装では、予約していたレストランには入れないだろう。まぁ、違う店に変更すれば問題ないが……。

「穂香は何歳だっけ？」

「二十六歳です」

彼女の答えを聞いて、五歳下かと呟く。

大学を中退し、家族を助けるために必死になって働いてきた彼女には、恋愛をする暇なんてなかったんだろう。

俺から見れば、純粋でかわいらしい世間知らずの女の子だ。

だけど二十代の半ばになって、子ども扱いされるのがおもしろくない気持ちもわかる。

「じゃあ、今日は子ども扱いはやめて穂香をひとりの女性として扱う。それでいい？」

「女性としてって、どんな風にですか？」

彼女の問いかけに「そうだな」と呟く。

「とりあえず、買い物に行こうか」

そう言って、戸惑う穂香を車に乗せた。


「待ってください、悠希さん。こんな高級店で試着をするなんて……っ」

困惑した表情でこちらを見上げる穂香の背中を押す。

「いいから、着てみて」

「でも」

「そうやってごねると、スタッフの迷惑になると思うけど？」

俺がそう言うと、穂香はぐっと言葉を飲み込んだ。

「ほら、行ってこい」

ぽんと頭を撫でる。彼女はしぶしぶ頷きスタッフに案内されて試着室に入った。

穂香を車に乗せて向かったのは、世界中の高級ブランドが並ぶハイエンドなショッピングモール。

穂香に似合いそうな服がディスプレイされた店舗を見つけ、服はもちろんアクセサリーやパンプスまで一式選んだ。

わざわざ食事の予約時間を変更して服を買うことにしたのは、彼女のカジュアルな服装で入れる店で気取らず食事をするのもいいけれど、穂香をひとりの女性としてエスコートしてあげたくなったから。

ソファに座り待っていると、ブロンドの髪が綺麗な女性客と目が合った。身に着けているものはすべて高級品で、明らかにセレブだとわかる。

『ひとり？』と英語で声をかけられた。

『いや。同行者の着替えが終わるのを待ってる』

『相手は恋人？』

恋人ではないけれど、誘いを断るのが面倒で『みたいなものかな』と答える。

俺の言葉を聞いて、彼女は『残念』と肩を上げた。

『その恋人と別れた時のために、連絡先を交換しない？』

恋人がいる男を誘うくらいだから、自分が魅力的だという自覚があるんだろう。確かに美人だし、スタイルもいい。

だけど綺麗なだけの相手には、正直惹かれない。

『連絡をくれたらいつでも予定を空けてあげるから。ねぇ。いいでしょう？』

俺の肩に胸を押しつけ、甘い声で言った。鮮やかなネイルが塗られた指で俺の首筋をなぞる。

あからさまな誘惑をする彼女に、俺はにこりと愛想のいい笑顔を向ける。すると、俺の反応を脈ありだと思ったのか、女性の顔が輝いた。

『悪いけど、簡単にベッドに誘えそうな軽い女には興味ない』

笑顔のままそう言うと、女性の表情が凍りつく。

『――むかつく』

彼女は低い声で言い、俺に背を向け歩いていった。

そのうしろ姿を眺めながら息を吐き出す。肩に残った感触が不愉快で軽く手で払っていると、試着室のドアが開いた。

自然と視線がそちらに向かう。

そこから出てきた穂香を見て、思わずソファから立ち上がった。

俺が選んだワンピースを着た彼女が、緊張した面持ちで辺りを見回す。そして俺を見つけ、はにかむように笑った。

スタンドカラーの上品なワンピース。胸元にリボンがつき、ウエストがきゅっと締まったデザインは、清楚でかわいらしい穂香によく似合っていた。

軽くメイクもしてもらったんだろう。大きな瞳には憂いが増し、潤んだ唇が色っぽかった。

耳元にはゴールドのピアス。華奢な手首にはめられた細いチェーンのブレスレット。そして少し高さのあるパンプスを履いた穂香は、さっきまでの学生のような姿からは想像できない魅力的な女性になっていた。

試着室の前まで行き穂香の姿を間近で見ると、自然とため息が漏れた。

「まいったな」

「あの、変ですか……?」

「いや。兄貴の気持ちがわかった」

「お兄さん、ですか?」

首を傾げた彼女に頷く。

「俺の兄はものすごい愛妻家で、自分の妻のために服も靴もアクセサリーも、身に着けるものすべて最高級のものを選んでプレゼントするのが趣味なんだ」

兄夫婦を思い浮かべながら言う。

結婚して数年になるが、兄の翔真《しょうま》は今でも妻を溺愛し、ことあるごとにプレゼントを贈っている。見ていてうっとうしくなるほど仲睦まじい夫婦だ。

「わぁ……。そんなに愛されるなんて、素敵な奥様なんでしょうね」

そう言う穂香に苦笑する。

「翔真の妻は幼なじみなんだ」

「幼なじみなら、悠希さんも小さな頃から知っていたんですか？」

「あぁ。親同士の仲がよくて三人で兄妹みたいに育ってきたんだけど、ふたりは子どもの頃からずっと両片想いをこじらせてたから、見ていてじれったかった」

「ってことは、初恋同士で夫婦になったんですね。素敵……！」

穂香は恋愛や結婚に憧れを抱いているんだろう。目を輝かせる彼女を見て、素直にかわいいなと思う。

「今まで、妻に自分が選んだものを身に着けさせたがる翔真の気持ちが理解できなかったけど、穂香のおかげで少しわかった」

正直な気持ちを言うと、穂香がきょとんと目を瞬かせた。

「ええと……？」

「似合ってるよ、すごく。もう子ども扱いできないくらい、魅力的だ」

顔を寄せ低い声で囁いた途端、穂香の頬が一気に赤くなった。

「な、なに言ってるんですか……っ」

「素直な感想を伝えただけだけど？」

「急にそんな甘い言葉を言われたら、リアクションに困ります！」

「甘い言葉を言わせたのは、穂香だろ。君が魅力的なのが悪い」

「だから、そういうことをさらっと言わないでくださいっ」

取り乱す彼女に「ははっ」と声を出して笑う。

見た目はこんなに清楚で上品な女性になったのに、中身は純粋で素朴なままで、そのギャップが微笑ましかった。

スタッフに声をかけ試着したものすべて買うと伝えると、穂香は「こんな高価なものを買っていただくわけにはいきません」とさらに取り乱す。

「そんなに高価か？」

「高価ですよ！　ワンピースだけでも、私の家賃の三倍以上します」

「家賃が安すぎないか？」

「ワンピースが高すぎるんですっ」

むきになる彼女の耳元に口を近付ける。

「日本語とはいえ、店の商品を高すぎるって連呼するのはどうかと思うよ？」

俺が囁くと、穂香はハッとしたように口を閉ざした。

「す、すみません……っ」

すぐに謝る素直さがかわいいなと思った。

「別に気にしなくていい。俺が買いたいだけだから」

「そうは言っても……」

「俺から服をプレゼントされるのは迷惑？」

落ち込んだ表情でたずねる。

「迷惑なんて。そんなことないです」

彼女が慌てた様子で首を横に振ったのを見て、にこりと笑った。

「じゃあ、気にせず受け取ってほしい」

俺の笑顔を見て穂香は黙り込む。それでも譲らず見つめ続けると、これ以上言い合っても無駄だと悟ったのか、大きく息を吐き出した。

「じゃあ、お言葉に甘えます。本当にありがとうございます」

申し訳なさそうにお礼を言う彼女の耳元に顔を寄せ、「俺のわがままを聞いてくれてありがとう」と囁く。

穂香は一瞬言葉に詰まり、眉を下げてこちらを見上げた。

「悠希さんって、ものすごくモテそうですよね」

「まぁ、それなりに」

「謙遜しないんですね」

「無駄に謙遜しても、嫌みだと思われる」

俺が頷くと、彼女はきょとんとしてから小さく噴き出す。

「確かに。悠希さんくらいカッコいいと、謙遜が嫌みになっちゃいますよね」

「へぇ。俺のこと、カッコいいと思ってくれてるんだ？」

てっきり異性として意識されてないんだと思っていた。

横目で見下ろしたずねると、穂香の顔が一気に赤くなった。

「ええと……っ」

彼女は口ごもってから、こほんと咳ばらいをする。

「悠希さんを見てカッコいいと思わない人はいないと思いますよ」

つんとすました表情がかわいくて、さらにからかいたくなってしまう。

「一般的な意見じゃなく、穂香の気持ちを聞いたんだけど？」

「そ、それは……」

「ん？」

体をかがめ顔を覗き込むと、穂香の目元が赤くなっていた。大きな瞳が潤み、困ったように口をもごもごさせる。

「……私も、カッコいいと思います」

目をそらし小さな声で言った彼女がかわいくて、胸のあたりがギュッと詰まった。

抱きしめたいという衝動にかられ、自分でも驚く。

思わず「なんだよこれ……」と呟いた。

ただの気まぐれで食事に誘っただけなのに。こんな風に女性に心を動かされるなんて初めてで戸惑ってしまう。

普段そばにいる女性とタイプが違うから、彼女の反応が新鮮に感じるんだろう。ただそれだけだ。

「悠希さん？」

不思議そうにこちらを見上げる穂香に、取り繕うように首を横に振る。

「なんでもない。行こうか」

そう言って、彼女の背中に手を添えた。


その後、向かったのは有名なレストランだった。歴史的な邸宅を改装した店内は優雅で落ち着いており、出迎えるウエイターは蝶ネクタイを着けている、一流の高級店。

「こんな格式の高そうなレストランで食事をするんですか……？」

身を縮める穂香の腰を、エスコートするように抱いた。

「緊張しなくていいよ。普通に食事を楽しめばいい」

店内に入り、出迎えたウエイターに個室へ案内される。

手入れの行き届いた美しい中庭を望める席に着き、穂香はため息を漏らした。

「悠希さんは、前もってこのお店を予約してくれていたんですね」

「あぁ」

頷くと、穂香は「すみません」と頭を下げた。

「子ども扱いされても文句を言う資格がないくらい、私はまだ子どもですね」

彼女の言葉に首を傾げる。

「私のさっきの格好じゃこのお店に入れてもらえないから、服をプレゼントしてくれたんですよね？　食事に誘われたのに、どんな服装で行くべきか考えもせず普段着で来てしまった自分が恥ずかしいです」

自分の言動を顧みて反省する生真面目な彼女にくすりと笑う。

「謝る必要はないよ」

「でも……」

「ドレスコードについて前もって話さなかった俺が悪いし、さっきの服装でも入れる店を選べばいいだけだった。それなのにわざわざ着替えさせたのは、穂香に自分好みの服を着せてみたかったからだよ。俺のわがままに付き合ってもらえて感謝してる」

そう言うと、穂香は真っ赤になって口を閉ざした。

しばらく黙り込んでから、「ずるいです」と困り顔をする。

「悠希さんは自信満々で強引なのに実は優しいって、魅力的すぎてなんだかずるいです」

「俺のこと、好きになった？」

軽い口調でたずねると、穂香は大きな瞳をさらに見開いた。

「す、好きになんてなりませんっ」

背中の毛を逆立てる猫みたいな反応がたまらなくかわいくて、微笑みながら質問を重ねる。

「どうして？　俺じゃ恋愛対象にならない？」

「そんなことないですけど、私はお店が忙しくて恋愛をする余裕はないですし……っ」

「へぇ。じゃあ、余裕ができたら俺を好きになってくれるんだ」

「そ、そういう意味では！」

穂香は深呼吸をしてからこちらを睨んだ。

「そうやってからかわないでください。悠希さんこそ私を恋愛対象どころか、からかいがいのある子どもだと思ってるくせに」

むきになって言う彼女に、「そんなこと……」と言いかけ口を閉ざす。

「そんなこと？」

「いや」

かぶりを振りながら、咄嗟に否定しそうになった自分に驚く。

純粋で一生懸命な彼女をかわいいとは思うけど、女性としては見ていない。今回も気まぐれで食事に誘っただけで、下心なんていっさいない。

そもそも俺は恋愛自体に興味がないのに……。

自分の心の動きに動揺しているところに食事が運ばれてきて、会話を中断する。

テーブルに置かれた皿を見て、穂香の目が輝いた。

「わぁ……！　すごく綺麗」

美しく盛りつけられた料理。厳選された食材と、考え抜かれた調理法。料理人がこだわって作った特別なひと皿を前に、穂香がため息を漏らす。

「見た目だけじゃなく、味もすごく美味しいです」

料理を口に運び感激する彼女に、メニューを見せた。

「ちなみに値段はこれくらい」

普段食事をする相手にこんな話をしたりはしないけど、これは彼女に必要な知識だと思い金額を伝える。

その額が想像以上だったのか、穂香が動きを止め絶句した。

「高いと思うか？」

俺の問いかけに、少し考えてから首を横に振る。

「とても私が払える額ではないですが、このレストランでこの食事をすることは、それだけの価値があると思います」

「そう。ここに来る客は高い金額を支払う代わりに、着飾って豪華な邸宅で美味しい料理を食べ、特別な時間を過ごす」

「価格の安さだけがお客様の満足度に繋がるわけではないんですよね」

彼女の言葉に頷いた。

「アメリカであそこまで本格的な日本料理を提供するせりざわも、同等の価値があると思うよ」

「あ、ありがとうございます」

穂香は頬を紅潮させながら頭を下げた。

「手軽な価格で多くの人に来てもらおうとするより、本物の日本食を求める層にターゲットを絞った方が、より満足してもらえる店になると思う」

「そうですね。お店の経営についてもう少し勉強していろいろ考えてみたいと思います」

素直な彼女に微笑みかける。

食事をしていると、穂香のバッグの中からスマホの振動する音が聞こえてきた。電話の着信だと気付く。

「出ていいよ」

俺がそう言うと、穂香は「すみません」と謝りながらスマホを取り出す。

そこに表示された文字を見て、少し困り顔をする。

「もしもし」

穂香が電話に出た途端、通話の相手が一方的にしゃべり出すのが聞こえた。漏れ聞こえる声から男性だとわかる。

「す、すみません。今ちょっと外で食事をしていて」

申し訳なさそうに穂香が会話を遮ると、男の声が低くなり、なにかたずねた。

穂香は「で、デートとかでは……っ」と首を横に振る。

そのやり取りで、通話相手の男は穂香に好意を抱いているんだろうとわかった。そして、彼女がこの電話をうれしく思っていないことも。

穂香が他の男に口説かれているのを目の前で見せられ、なぜだか少し不愉快になる。

「穂香」

俺が名前を呼ぶと、穂香は驚いたようにこちらを見た。

「困ってるなら、電話代わろうか？」

「あ、いえ……」

彼女が戸惑っているうちに、男が短くなにかを言って電話を切った。多分、俺の声が聞こえたんだろう。

穂香は切れたスマホを見下ろし、ため息をつく。

「電話の相手はこの前店にいた男？」

俺が初めてせりざわに行った時、穂香に迫っていた眼鏡をかけた軽薄そうな男を思い出しながらたずねる。

「はい。青島さんが明日帰国するから、これから会えないかって」

その言葉を聞いて眉をひそめた。

「いつもそんな風に言い寄られてるのか？」

「言い寄るとかではなく、青島さんはお店の経営のアドバイスをしてくれているんです。少し強引なので困ってはいるんですが、悪意があるわけではないので……」

相手に下心があるのは明らかなのに。

お人よしな穂香を見て、漠然とした不満が募る。

小さく顔をしかめてから、どうしてこんなことで苛立つんだろうと自分でも不思議に思った。

食事を終え、店を出ようとすると『おや、吉永くん』と声をかけられた。

近付いてきたのは、恰幅のいいアメリカ人男性。彼はテキサス州の知事だった。

『知事。おひさしぶりです』

挨拶を返すと、俺の隣にいる穂香に気付き明るい笑顔を向ける。

『綺麗な女性を連れて。デートかい？』

『ええ』

頷いた俺に、穂香が目を丸くするのがわかった。初心《うぶ》な反応がかわいくてくすくすと笑う。

『彼女は日本料理店を経営しているんです。本格的な日本食が食べられるいいお店なんですよ』

俺が紹介すると、穂香は知事を見上げ口を開いた。

『せりざわという店を経営しています。芹沢穂香と申します』

綺麗に頭を下げた穂香を見て、知事が目元を緩める。

『日本食か、いいね。吉永くん、今度ヒューストンの総領事を誘って三人で食事をしようか』

『えぇ、ぜひ』

『楽しみにしてるよ』

そんな会話を交わし、彼と別れた。

店を出ると、穂香が驚いた表情で俺にたずねる。

「悠希さん、今のテキサス州知事ですよね？」

「あぁ。知ってた？」

「この前知事選をしていたので、顔と名前だけは。それに総領事って……。どうして悠希さんはＶＩＰな人たちとあんなに親しいんですか？」

彼女の質問に、微笑みながら答える。

「まぁ。仕事で付き合いがあるから」

「悠希さんの仕事っていったい……」

疑問でいっぱいの穂香に「吉永自動車って知ってる？」とたずねた。

「それはもちろん。むしろ知らない人なんていないない大企業じゃないですか。……って、もしかして」

話している最中に、俺の名字を思い出したんだろう。穂香は俺を見上げる。

「あぁ。吉永自動車の専務取締役で、今は北米支社の責任者をしてる」

そう言うと、穂香は目を丸くして絶句した。

実感した立場の違い

吉永自動車は誰もが知る大企業だ。

全世界の自動車販売台数一位を誇り、毎年過去最高の売上高を更新し続けている。

その吉永自動車にはふたりの御曹司がいて、どちらもすごくカッコいいと聞いたことがあったけど、まさかそれが悠希さんだったなんて……。

吉永自動車はアメリカでも大きな影響力を持つ。州知事があんなに親しげに彼に話しかけてきたのも納得だ。

「急に口数が少なくなったな」

レストランから帰る途中。ハンドルを握る悠希さんにそう言われ、ハッとして顔を上げた。

「す、すみません」

「いや。毎日忙しく働いて疲れてるんだろ。せっかくの休日に強引に誘って悪かった」

「いえっ。今日はすごく楽しかったです！」

気を使ってくれる彼に、慌てて首を横に振る。

「それならよかった」

前を向いたまま、彼は目元を緩めて笑う。その横顔がカッコよくて、胸が詰まった。

自信に満ちた態度も、強引な言動も、ちょっと意地悪な表情も、からかいながらも気遣ってくれる優しさも、すべてが魅力的でずるい。

こんな人がそばにいたら、みんな彼を好きになってしまうだろうなと思った。

今まで恋愛に興味がなかった私でさえ、悠希さんと一緒に過ごす時間が楽しすぎて、好きになりかけていた。

だけど、彼から吉永自動車の御曹司だと聞かされた途端、目がさめた。

私は赤字だらけの日本料理店の長女で、彼は世界的に有名な大企業の御曹司。住む世界がまったく違う。

今回は彼が気まぐれで食事に誘ってくれたけど、本来ならこうやってふたりで話すことすら難しい相手だ。

それに悠希さんみたいに遊び慣れた大人の男の人を好きになっても、相手にしてもらえるわけがない。そう自分に言い聞かせると、胸がわずかに痛んだ。

「家まで送る。住所は？」

私が「お店で降ろしてもらえれば」と答えると、悠希さんの表情が曇る。

「店からひとりで帰るつもりか？　もう暗いし、危ないだろ」

「でも……」

私が住んでいるのは、店から徒歩十分程度の場所にあるシェアハウスだ。古くて狭い代わりに家賃が安い。

私以外の住人はみんな学生で、遊びたいざかりの若者が多いせいか騒がしくちょっと治安が悪い。

悠希さんが私の自宅を見たらきっと驚くだろう。

彼と私では生活水準がまったく違うとわかっているけれど、それでも質素な部屋を見られたくなかった。

「本当に、お店までで大丈夫です」

私が頑なな口調で言うと、悠希さんがこちらを見た。

「俺に自宅を知られるのは嫌？」

「そういうわけではっ」

「それなら、自宅まで送り届けたい」

「でも……」

「こうやって夜まで連れ回したんだから、送るのは当然だろ」

返答に困り黙り込む。あのシェアハウスを見られたら、悠希さんにあきれられる。そう思うと、どうしても頷けなかった。

しばらく沈黙が続いた後、悠希さんが息を吐き出した。

「悪い」

短く謝られ、不思議に思って顔を上げる。

「俺のわがままのせいで困らせてるな」

悠希さんは静かな口調でそう言った。

「そんな……」

彼は優しさで言ってくれているだけで、困らせているのは意地を張っている私の方なのに。

「これ以上無理強いして嫌われたくないから、店の前までで我慢するよ」

こちらを見て柔らかく笑う。その優しい表情に胸が詰まった。

こんなに素敵な人を、嫌いになるわけがないです。

そう言いたかったけれど、言葉にはできずギュッと唇を噛んだ。

今日、待ち合わせの場所にいる悠希さんを見た瞬間、そのカッコよさに息が止まるかと思った。

リラックスした様子で壁に軽く寄りかかり私を待つ悠希さんは、雑誌の撮影かなと思うくらい素敵だったし、長身でスタイルがいいのもあり、シンプルな服装でも大人の色気が漂っていて、思わず見とれそうになった。

あんなにカッコいい人とふたりで食事をするんだ……。そう思うと、勝手に鼓動が速くなった。

深呼吸をして平静を装ったけど、多分表情も口調もすごく硬かったと思う。

悠希さんはそんな私を冗談でからかい、緊張をほぐしてくれた。普段着でやってきた私を責めもせず、素敵な服を買ってくれた。

上品なワンピースに着替えてヒールのあるパンプスを履き、彼にエスコートされた私は、魔法をかけられたような気持ちになった。

ガラスの靴を履き、舞踏会に行ったシンデレラのように世界が輝いて見えたし、夢を見ているみたいに楽しかった。

だけど、もう現実に戻らなきゃいけない。

悠希さんは吉永自動車の御曹司で、違う世界に住む人なんだから。

彼は最後まで私をひとりで帰らせることを心配し、店の前に車を止めるとわざわざ運転席から降りてきてくれた。

「気を付けて帰れよ」と念を押され頷くと、大きな手が私の髪に触れる。

優しく頭を撫でられ、心臓が痛いくらい締めつけられた。

「今日はありがとうございました。とても楽しかったです」

「俺も、楽しかった」

その言葉を胸に刻み、頭を下げて彼の車を見送る。

彼との夢のような時間を思い返しながら歩いて自宅に向かった。シェアハウスに到着してバッグから鍵を取り出そうとした時、背後から靴音が聞こえた。

大きな手に腕を掴まれ、私は「きゃ……っ！」と悲鳴をあげた。

後悔と独占欲　悠希ｓｉｄｅ

俺が吉永自動車の御曹司だと知ると、たいていの女性は目の色を変えた。こびるような表情で甘えたり、体をすり寄せベッドに誘ったり。その必死な姿からは、御曹司である俺と親しくなりたいという下心が透けて見えた。

だから、穂香も俺の素性を知ったら他の女性と同じように態度を変えるだろうと思っていた。

でも、彼女の反応は想像とは真逆だった。

俺が吉永自動車の専務だと知った途端、表情が暗くなり口数が減った。すり寄るどころか距離を置こうとしているように見えた。

自宅まで送ると言っても頑なに拒否され、住所すら教えてもらえなかった。

こんな反応は初めてで、少し戸惑う。

穂香に嫌われるようなことをしただろうか。いや、でも一緒にいる間、彼女はずっと楽しそうにしていたし……。

自宅に帰ってからもそんな疑問が湧き、穂香のことが頭から離れなかった。

翌週。仕事を終えせりざわにやってきた俺は、穂香の姿を見て絶句した。

「いらっしゃいま……」

俺に気付き、そう言いかけた彼女の腕を掴む。

「え、悠希さん？」

「これは、どうしたんだ。なにがあった」

たずねると、穂香が「ええと、その……」と視線を泳がせた。

彼女の左手首には包帯が巻かれており、白い頬には痛々しい擦り傷があった。

「転んでしまったんです。見苦しくてすみません」

謝る彼女をジッと見つめる。

「本当に、ただ転んだだけか？」

「そうですよ。見た目は痛々しいですけど、かすり傷なので心配しないでください」

そう言いながらも俺の目を見ようとしない彼女は、なにかをごまかそうとしているようだった。

「いつ転んだんだ？」

「ええと……」

「俺と食事に行った帰りか？」

たずねた瞬間、穂香の表情が強張った。

「あの日、俺が自宅まで送らなかったから、こんな怪我をした？」

強い口調で質問を重ねると、穂香は慌てて首を横に振る。

「ち、違います！　悠希さんのせいじゃ……」

「じゃあ、やっぱりあの日なんだな」

穂香はしまったという表情で口を噤む。そのやり取りを見ていた料理人の平川さんが代わりに教えてくれた。

「日曜日。住んでいる家の前で男に襲われたんです」

その言葉を聞いて、ざわっと肌が粟立つ。

「襲われた……？」

自分でも驚くほど低い声が出た。

「平川さん……っ」

穂香は慌てて彼の言葉を止めようとしたけれど、平川さんはかまわず話を続ける。

「穂香さんはうしろから突然男に腕を掴まれて、怪我をしたんですよ」

小柄な穂香が男に襲われる場面が頭に浮かび、怒りで全身の血が逆流するかと思った。

険しい顔で黙り込んだ俺に、穂香がおずおずと説明してくれる。

「あの、怪我をさせられたわけじゃなく、驚いて振り払おうとして転んじゃっただけです。それに、すぐに管理人さんが来てくれたので、本当に何事もなかったんです」

転んだ時に頬を地面に打ちつけ、手首をひねってしまったという。

背後から男にいきなり腕を掴まれて、恐怖を感じないわけがない。その上怪我まで負って……。

そんな目に遭ったのに、事情を話せば俺が責任を感じると思ってごまかそうとしたんだろうか。

彼女の気遣いがもどかしくて奥歯を噛みしめる。

「俺のせいなんだな」

「だから、違います……」

「でも、俺が自宅まできちんと送り届けていれば、こんな目には遭わなかった」

あの時、彼女を困らせたくなくて引き下がったことを強く後悔する。強引にでも自宅まで送れば、こんな目に遭わせずに済んだのに。

「半年間住んでいて、危ない目に遭ったことは一度もなかったんです。だから悠希さんのせいじゃなく、運が悪かっただけで」

「それなら余計に俺のせいだろ。あの日、俺が選んだ服を着ていたせいで男の目に留まり、標的になってしまった。違うか？」

俺の言葉に穂香が「そんなことは……」と困ったように呟く。

普段のカジュアルな格好なら、必要以上に男の興味を引かずに済んだかもしれない。ヒールではなくスニーカーを履いていれば、転んで怪我をしたりしなかったかもしれない。

俺が買った上品なワンピースを着た穂香は、とても可憐で魅力的だった。でも、そのせいで彼女が危険な目に遭ってしまった。

その事実に、自分に対して大きな憤りが込み上げてきた。どんなに後悔しても遅いのに。不甲斐なさに唇を噛む。

「本当に、悪かった」

「そんな謝らないでください。悠希さんはなにも悪くないです」

いっそ責めてくれれば罪悪感も少しは薄まるのに。決して他人のせいだと言わない優しい彼女に小さく息を吐き出す。

「犯人は捕まったのか？」

「いえ。すぐ逃げてしまって……」

「じゃあ、穂香は今どこに住んでいるんだ？」

「そのまま自宅に住んでます」

「――は？」

穂香の答えを聞いて、思わず低い声が出た。

「自宅の前で男に襲われて、その犯人は捕まっていないのに、そのまま住み続けているのか？」

「ええと、そうです……」

「不用心にもほどがある」

顔をしかめた俺に、平川さんも「本当ですよね」と同意する。

「管理人さんも気を付けて見回りしてくれるって言っていたし、大丈夫ですよ」

「大丈夫なわけないだろ。しばらくホテルかどこかで暮らした方がいい」

「でも、ホテルはお金がかかってしまいますし……」

呟いた彼女に、「じゃあ、今日からうちに住め」と言い切る。

「え？」

今回は腕を掴まれただけで済んだが、いつまた襲われてもおかしくない。彼女が危険な目に遭うかもしれないと思うと、黙っていられなかった。

「店が終わったら一緒に荷物を取りに行って、そのまま俺の部屋に行こう」

「悠希さんにご迷惑をおかけするわけにはいかないです」

「怪我をしたのは俺のせいだろ。そのくらいのことはさせてほしい」

「だから、悠希さんのせいでは……」

「それが嫌だと言うなら、毎日車で送迎する」

俺がそう言うと、穂香は驚いたように目を丸くする。

「そんな、お仕事はどうするんですか」

「なんとかする。毎日送迎するか、一緒に暮らすか。どちらか選んでくれ」

強い口調で選択を迫ると、穂香は眉を下げ、助けを求めるように平川さんを見た。

「私も吉永さんの案に賛成です。穂香さんがあの家に住み続けるのは不安なので」

彼の言葉に、穂香は唇を噛みしめる。葛藤するように黙り込んだ彼女に「頼む」と声をかけた。

「犯人も捕まっていないのにこのまま同じ部屋で暮らし続けられたら、心配でなにも手につかなくなる。俺を安心させるために、一緒に暮らしてほしい」

真剣な口調でそう言うと、穂香は根負けしたように眉を下げた。

「そんな言い方をされたら、断れないじゃないですか」

「俺のわがままを聞いてくれるか？」

「……わかりました。よろしくお願いします」

小さな声で言う遠慮がちな彼女を、もう二度と危険な目に遭わせるわけにはいかないと強く思った。


店が閉店するまで待って、穂香の自宅へと向かう。

彼女は俺を自宅に連れていきたくないようで少し渋っていたけれど、頑として譲らない態度を見せると住所を口にした。

穂香の自宅に車で向かい、建物を見て足を止める。

三階建ての古い一軒家。手入れのされていない庭や、横倒しになった自転車から、住人たちの生活が透けて見えた。

お世辞にも治安がいいとは言えないここに、穂香は住んでいるのか。

「あの、シェアハウスなんですけど、二階は男性、三階は女性って分かれていて、ちゃんとプライバシーは守られているんですよ」

言い訳するように説明する穂香から、個室があるのは男女別の階だがシャワールームもランドリーも共用スペースだと聞いて絶句する。

こんなセキュリティの低い部屋に住まないといけないほど、金銭的に余裕がないのかと驚く。

建物の中に入ると、共用のリビングにいたアジア系の女性が『穂香』と近付いてきた。

親しい間柄なんだろう。穂香も『エイミー』と笑みを浮かべる。

彼女は穂香よりも若そうだ。近くの大学に通う留学生なんだろうと思いながらそのやり取りを眺めた。

『誰？　彼氏？　カッコいい！』

彼女は俺を見ながら、ちょっとくせのある英語で穂香にたずねる。

『ええと、彼はお店のお客様で……』

説明しようとする穂香の隣で、にっこりと笑い口を開いた。

『これから彼女と一緒に暮らすから、荷物を取りに来たんです』

俺がそう言った途端、エイミーが『きゃー！』と歓声をあげた。

『穂香は恋愛に興味ないって言ってたくせに、こんなにカッコいい彼氏がいるんじゃん！　羨ましい！』

『あの、彼氏じゃなくて……！』

はしゃぐ彼女に、穂香が慌てて首を横に振る。

『穂香はこのシェアハウスを出た方がいいって思ってたからよかったよ』

安堵をにじませたエイミーに、『どういう意味？』とたずねた。

『ここ、あんまり治安よくないから。家の前で襲われたのもあるけど、その前から穂香は洗濯物を盗まれたりしてたでしょ』

ランドリーは共用だと言っていた。穂香が洗濯をしてその場を離れた隙を狙って、洗濯機や乾燥機の中の衣類を盗るのは簡単だろう。

彼女の服を知らない男が持ち去った。なんの目的で盗んだのかなんて、想像もしたくない。

ものすごい苛立ちが湧き上がり、感情を押し殺すようににっこりと笑顔を作る。

『へぇ。そんなことがあったんだ？』

穂香を見下ろしそう問うと、彼女は『ええと……』と目をそらした。

愛想のいい笑みを浮かべたまま、エイミーに『ちなみに洗濯物を盗んだ犯人に心当たりはある？』とたずねる。

『確証はないけど、なんとなく。穂香が洗濯をする時いつもランドリーをうろうろする大学生がいるんだよね』

『そうなんだ。一度挨拶をしたいから、どいつか教えてもらってもいい？』

腹の底から湧き上がるどす黒い怒りを抑えながら質問を重ねると、穂香が慌てたように俺の腕を掴んだ。

『悠希さん、挨拶なんて必要ないです！』

『でも、穂香の衣類を盗まれて、黙ってるわけにはいかないだろ』

『私の服なんて盗まれても問題ないくらい、安いものばかりですから』

『金額の問題じゃない』

自分でも驚くほど低い声が出た。穂香が不思議そうに俺を見上げる。

『どうして悠希さんがそんなに怒るんですか？』

その問いかけに思わず動きを止める。

確かに、どうして俺はこんなに苛立っているんだろう。

女性の衣服を盗むのは低俗で卑劣な犯罪だ。知人がその被害に遭っていたと知ったら、憤るのは当然だ。

けれど、そんな言葉じゃ説明できないくらい、激しい怒りを覚えていた。

自分らしくない感情の乱れに戸惑う。

そのやり取りを見ていたエイミーが、『穂香は鈍感ねぇ』と笑った。

『彼が怒っているのは、穂香のことが好きだからでしょう？』

穂香は『好きだから？』と目を瞬かせる。

『好きな女の服を盗まれたら、怒るのは当然じゃない』

エイミーの自信満々の回答を聞いて、穂香が慌てて首を横に振った。

『なに言ってるのよ。そんなわけないから！』

『穂香ったら、彼とラブラブなのに照れちゃってかわいい』

『照れてるんじゃなくて……っ』

穂香とエイミーの言い合いをよそに、俺はひとり黙り込む。

俺が穂香を好き？

そんな疑問が頭に浮かび、まさかと否定する。

純粋で一生懸命な彼女をかわいらしいとは思うけれど、それは女性としてじゃない。

一緒に暮らそうと提案したのも、自分のせいで危ない目に遭わせたことに責任を感じているだけで、好意を持っているわけじゃない。

そのはずなのに、頬が熱くなり言葉が出なくなる。

おかしいな。今までどんな女性に対しても執着することなく、いつだって冷静に対応できていたはずなのに。

黙り込んだままの俺に気付き、穂香が首を傾げた。

「悠希さん。どうかしました？」

不思議そうにこちらを見上げる穂香がやけにかわいく見えて、片手で口元を隠しながら「なんでもない」とかぶりを振った。

「とりあえず、荷物を取りに行こう」

彼女に連れられ個室に入ると、部屋の中には驚くほどなにもなかった。

簡素なシングルベッドと備えつけのクローゼット。彼女の私物は必要最低限の服とメイク用品、本が数冊、そしてノートパソコンくらい。

「荷物を全部まとめても、一回で運べそうだな」

部屋を見回しながらそう言うと、穂香が首を傾げた。

「全部って……。悠希さんのおうちでお世話になるのは数日ですよね？」

彼女はすぐにまたここに戻ってくるつもりらしい。

「少なくとも犯人が捕まるまでは俺の部屋にいた方がいい」

「え、そんなのいつになるかわからないじゃないですか」

「嫌なら毎日送り迎えする」

再び強引な二択を迫ると、穂香は困り顔をする。

「まぁ、いつまでうちにいるかは置いておいて、後から必要なものを取りに戻るのは面倒だし、しばらく留守にするなら荷物を置きっぱなしにするのは不用心だろ」

俺の言葉に、穂香は「それもそうですね」と頷く。

すぐに丸め込まれる素直さはかわいらしいけど、同じくらい危なっかしくて、胸のあたりがもやもやする。

手のかかる妹がいたらこんな感じなんだろうな、なんて自分に言い聞かせながら荷造りを手伝った。

「こ、ここが悠希さんのご自宅ですか……？」

自宅に到着すると、車から降りた穂香が絶句した。俺が住んでいるのは中心部にあるアパートメント。

敷地内には住民専用の大きなプールやバーベキュースペースがあり、地下には設備の整ったジムもある。

「ほんとにアパートメントですか？　高級ホテルにしか見えない……」

「ある程度の治安のよさとセキュリティを求めたら、おのずと物件が絞られてここになった」

驚く穂香に説明すると、「悠希さんは吉永自動車の専務ですから、セキュリティは重要ですよね」と納得したように頷いた。

コンシェルジュのいるエントランスを抜け、最上階にある部屋に案内する。

窓から見える夜景を見下ろし、穂香はため息をついた。

「すごい、映画を見ているみたい……」

「自分の家だと思って寛いでくれ」

「こんな豪華な部屋、とても自分の家とは思えません」

困り顔で言う彼女に近付き、そっと頬に触れる。穂香は不思議そうに首を傾け、こちらを見上げた。

大きな瞳と、小さな鼻。桃色の形のいい唇。小作りで整った彼女の頬には、赤い擦り傷があった。それを見ると、胸が痛んだ。

「悪い。俺のせいで顔に傷ができて……。痛かっただろ」

俺が顔をしかめると、穂香は困ったように笑う。

「だから、悠希さんのせいじゃないです。それに、かすり傷なのですぐ消えます」

他人に弱さを見せまいとする彼女の優しさがはがゆかった。

もっと俺を頼ってくれればいいのに。そう思いながら見つめていると、穂香がおず

か。

「あの……。実は悠希さんに謝らないといけないことがあるんです」

そんなに申し訳なさそうな顔をするなんて、いったいなんだろう。深刻な話だろうか。

少し身構えながら「なに?」とたずねる。

「悠希さんに買ってもらったパンプス、転んだ時にヒールが折れてしまったんです」

彼女から言われた言葉に、拍子抜けして「そんなこと」と呟く。

俺が自宅まで送らなかったせいで、穂香は男に襲われ怪我までした。それに比べたら、パンプスのひとつやふたつどうだっていいことなのに。

「そんなことじゃないです。せっかく悠希さんが買ってくれたものだから、大切にしようと思っていたのに……。すみません」

悲しそうに言う彼女を見て、胸が詰まった。俺が気まぐれで買ったパンプスを、そんなに大切に思ってくれていたなんて。

「あの、でも、お金を貯めて、ちゃんと修理に出そうと思っているので」

言い募る彼女のいじらしさに、勝手に体が動いた。腕を伸ばし、穂香の体を引き寄せる。

「ゆ、悠希さん？」

気付けば穂香を強く抱きしめていた。

腕の中で穂香が驚いたように身を固くする。

「パンプスなんていくらでも買ってやる。……それよりも、穂香が無事で本当によかった」

掠れた声でそう呟く。

もし彼女の身になにかあったら、俺は一生自分を許せなかったと思う。

穂香の体を抱きしめながら、自分の胸を打つ鼓動の速さに混乱する。

彼女が愛おしくて仕方なかった。こんな感情は初めてだった。

純粋でお人よしな彼女を守りたいし、彼女が望むならどんなことでもしてやりたい。

そして、他の男たちから遠ざけ、とことん甘やかして、自分だけのものにしてしまいたい。そんな独占欲が湧き上がる。

これじゃまるで、妻を溺愛して周囲の男を牽制しまくる兄と同じだ。

エイミーから言われた、『彼が怒っているのは、穂香のことが好きだからでしょう？』という言葉がよみがえり、頬が熱くなる。

俺は穂香を好きなのか？　自分に問いかけると、鼓動はさらに速くなった。

穂香を抱きしめながら、「まいったな……」と呟く。

「ゆ、悠希さん、どうしたんですか？　具合が悪くなっちゃいました？」

心配そうな声を出す穂香に苦笑する。こういう鈍感な部分もかわいくて胸がうずく。

腕の中にいる彼女が愛おしくて仕方ない。

今まで何人もの女性と付き合ってきたし、恋愛経験は豊富なつもりだ。だけど、三十一年間生きてきて、本気で惹かれたのは初めてだった。

「穂香」

抱きしめていた腕を緩め、彼女の顔を覗き込む。

不思議そうにこちらを見上げる穂香と目が合い、それだけで心臓がギュッと音を立てた。

キスがしたい。そう思い、彼女のあごをすくい上げる。

「悠希さん……？」

ふたりの距離がゆっくりと縮まる。

すると穂香の表情に戸惑いが浮かんだ。華奢な肩が強張るのを見て、我に返った。

男に襲われた穂香が心配で危険から遠ざけるためにここに連れてきたのに、こんな状況で口説くのはどう考えても卑怯だ。

穂香が俺の好意を受け入れてくれればいいが、もし拒絶されたら彼女はここから出ていくと言うだろう。

そうなったらまたあの危険なシェアハウスに戻ることになる。

今は穂香を口説くべきじゃない。そう自分に言い聞かせる。

「悠希さん？」

首を傾げた穂香に、取り繕うように笑顔を作る。

「キスされると思った？」

冗談っぽく言うと、穂香の白い頬が一気に赤くなった。

「か、からかったんですかっ？」

「穂香は無防備すぎるから、もうちょっと男を警戒した方がいい」

「警戒もなにも、悠希さんは私を女として見てないじゃないですか」

頬を膨らませすねる彼女を、軽く顔を傾けて見下ろす。

「そうやって不満そうな顔をするってことは、穂香は俺に女として見てもらいたいんだ？」

彼女への好意を隠しながら意地悪に笑うと、穂香が慌てて首を横に振った。

「そ、そんなこと思ってません！」

俺の言動にいちいち取り乱し、涙目になる様子がかわいすぎる。

抱きしめたいと強く思い、必死に欲望を押し殺す。これから彼女と暮らす間、理性が持つだろうかと少し不安になった。

甘すぎる同居生活

悠希さんの豪華な自宅に案内され、パンプスのヒールを折ってしまったことを謝罪すると、突然きつく抱きしめられた。

具合が悪くなったのかなと心配していると、悠希さんが腕を緩め私を見下ろした。端整な彼の顔を間近で見て、そのカッコよさに改めて驚く。こんな至近距離で見ても欠点ひとつ見つけられないってすごい。

「悠希さん……？」

戸惑いながら彼の名前を呼んだけれど、悠希さんはなにも答えてくれなかった。

見つめ合っていると、彼の視線が熱をはらむのがわかった。

大人の男の色気に鼓動が速くなる。ゆっくりと近付いてくる悠希さんの顔に心臓が破裂しそうになり、思わず肩を強張らせる。

そんな私を見た悠希さんは、「キスされると思った？」と意地悪に笑った。

からかわれたんだと気付き、頬が熱くなる。こんな風に人を振り回すなんて、悠希さんは遊び慣れた悪い男だ。

そう思いながら深呼吸をしていると、スマホの着信音が聞こえてきた。

「あ、すみません。電話が……」

バッグの中からスマホを取り出す。

「誰から？」

「日本にいる弟からです。出てもいいですか？」

「もちろん」

頷いてくれたのを確認してからスマホを耳に当てた。

「もしもし」

《姉ちゃん⁉　男に襲われて顔と手に怪我をしたって聞いたんだけど、どういうこと⁉》

電話に出た途端、弟の空の声が聞こえた。その音量に思わず耳を塞ぎたくなる。

「な、なんで知ってるの？」

《平川さんに聞いた》

「家族には言わないでってお願いしてたのに……」

私の呟きを聞いて、空の声が一気に低くなった。

《はぁ？　そんな危ない目に遭ったのに、隠そうとしてたわけ？》

「ええと、心配させたくなくて……」

《隠された方が余計心配になるんだけど⁉》

空は十二歳の小学六年生で、しっかり者だけどちょっと過保護だ。弟から見ると私はお人よしで頼りないらしく、いつもいろんな心配をしてくれる。

私は身を縮めながら「ごめんね」と謝る。

「でも、腕を掴まれただけだし、怪我も軽症なんだよ」

《そう言うなら、ビデオ通話にして顔見せて》

空からの要望に、ちらりと悠希さんに視線を向ける。

空の声は悠希さんにまで聞こえていたんだろう。もちろんいいよと頷かれ、ビデオ通話に切り替えた。

画面にちょっと気が強そうだけど、かわいらしい空の顔が映る。

私の顔を見た途端、空が《姉ちゃんの綺麗な顔に傷がついてんだけど‼》と絶叫した。

「お、落ち着いて。ただの擦り傷だから」

《擦り傷だからって許せるわけないだろ！　姉ちゃんは自分のことに無頓着すぎ。それで、犯人はどんな奴だったの？　捕まえてそれ相応の罰を与えたんだよね⁉》

「ええと、うしろから掴まれたから顔は見えなくて、そのまま逃げちゃって」
《はぁ？　それじゃあいつまた襲われるかわかんないじゃん！》
空の正論に返す言葉を見つけられず、「そうなんだけど……」とうつむく。
《姉ちゃんはお人よしな上に危なっかしいんだから、アメリカなんかに行かせたくなかった。もう店なんていいから日本に帰ってきなよ》
「でも……」
せりざわの経営を立て直すためにアメリカに店を出した。このまま日本に帰ってしまったら経営を立て直すどころか、初期投資すら回収できずにすべてが無駄になってしまう。
《でもじゃない。だいたいあんな治安悪そうなシェアハウスに住んで、なにかあってからじゃ遅いんだよ⁉》
「あ、それは大丈夫。しばらく違うところに住まわせてもらえることになったから」
《違うところって？》
追及され「ええと……」と視線を泳がせる。
「お店のお客さんのところなんだけど」
《お客ってなに。まさか男？》

鋭い質問に黙り込むと、それを肯定だと察した空がさらにヒートアップする。

《よく知りもしない男の部屋に住むなんて、シェアハウスより危ないじゃん！》

「そんな心配ないくらい、いい人なんだよ」

《人を疑うことを知らない姉ちゃんの言葉なんて信用できない！　相手はそこにいるの？　ちょっと挨拶させて！》

「え、でもそんな。ご迷惑になるから……」

私が困っていると、悠希さんが近付いてきた。

「挨拶するよ」

「いいんですか？」

「もちろん。大事な姉が得体の知れない男と同居すると聞かされたら、心配になるのは当然だろ」

悠希さんは頷いて私の隣に来る。

カメラに悠希さんの顔が映る。その整った容貌を見て、空の警戒心が高まったのが伝わってきた。

険しい表情の空に向かって、悠希さんは穏やかな声で挨拶をする。

「はじめまして。吉永悠希といいます」

「あの、悠希さん。弟の空です。十二歳の小学六年生で」

「十二歳なんだ。穂香とのやり取りを聞いててすごくしっかりしているから、もっと上かと思った」

「生意気な弟ですみません」

「いや。姉想いの優しい弟さんだなと思ったよ」

そう言われ、心の広い人だなと感心してしまう。

《失礼ですけど、吉永さんの職業と年齢を聞いてもいいですか?》

「ちょっと、詮索するようなこと言わないでよ」

悠希さんは慌てる私に笑いかけ、口を開いた。

「三十一歳で、吉永自動車の北米支社の責任者をしています。穂香が男に襲われたと聞いて、放っておけなくてしばらくうちに住むように提案したんだ。ここならセキュリティがしっかりしているし、あのシェアハウスよりずっと安全だから」

《吉永自動車って、大企業ですよね。そんな立場にいる人が姉ちゃんを気にかけるなんて、どうしてですか?》

確かに、大企業の経営者の彼が、一般庶民の私を部屋に住まわせてくれるなんてありえない。空が疑問に思うのも当然だ。

悠希さんは少し考えるそぶりを見せてから、私の耳元に唇を寄せた。

「空くんに納得してもらうために少し嘘をつくけど、いいか」

小声で確認され頷くと、悠希さんはにっこりと笑いカメラに向き直る。

「実は、穂香とは付き合ってるんだ」

彼の言葉に目を丸くする。

付き合っているって、私と悠希さんが……？

そんな嘘をつくなんて、いったいなにを考えているんだろう。

驚く私に彼は話を合わせてというように目配せをした。

ここで否定すると話がややこしくなるだろう。そう察してこくこくと首を縦に振る。

《……付き合っているって、いつからですか？》

警戒心むき出しの空が疑うような視線をこちらに向けた。

「最近だよ。俺が一方的に彼女に惚れて、口説き落とした」

《悠希さんみたいにカッコよくてお金持ちなら、いくらでも女性が寄ってくると思うんですけど、どうしてうちの姉を？》

悠希さんは「穂香のよさは、多分弟の空くんが一番わかってると思うけど」と前置きをしてから私を見つめた。

「穂香は自分を犠牲にして頑張ることを、苦労だなんて思ってないし、人を疑わないし、お人よしだし、鈍感だし、危なっかしいところだらけだと思う」

彼の答えを聞いて、自分の欠点の多さに情けなくなる。

肩を落とす私を見て、悠希さんがくすりと笑った。

「だけど、そういうところがたまらなくかわいくて、放っておけなくなった。彼女の純粋さや一生懸命さが愛おしくて、とことん甘やかして幸せにして俺だけのものにしたいと思うようになった」

そんな甘い言葉に、頬が熱くなった。

落ち着け、これは空を納得させるための嘘なんだから。

そう自分に言い聞かせながら黙り込むと、悠希さんが私に微笑みかける。その視線に愛情が込められているような気がして、鼓動が速くなってしまう。

「悠希さん……」

戸惑っていると、悠希さんが私を見つめる。

「穂香、好きだよ」

艶のある声で囁かれ、心臓が止まるかと思った。

こんなことを言われるのは生まれて初めてで、どうしていいのかわからなくなる。

顔をそらしたいのに、ドキドキしすぎて身動きが取れない。彼に見つめられると瞬きすら忘れてしまいそうになる。

悠希さんと見つめ合っていると、《——ちょっと》と不機嫌な声が響いた。

《僕の許可なくいちゃつかないでくれる？》

ハッとしてスマホを見る。画面の中の空が、ものすごく不満そうな顔でこちらを睨んでいた。

空と通話中だったのを思い出し、一気に顔が熱くなる。

「い、いちゃついてないから……っ！」

叫ぶように言って、悠希さんから距離を取る。

そんな私とは対照的に、悠希さんは涼しい顔でにっこりと笑った。

「あぁ、悪い。穂香がかわいくてつい」

余裕たっぷりの態度から、彼の恋愛経験の豊富さが伝わってきた。私ひとりだけ慌てていてなんだか悔しい。

《まぁ、悠希さんが姉ちゃんのよさをちゃんと理解しているのは伝わってきました》

空にそう言われホッと息を吐き出した時、《で、姉ちゃんは？》と話の矛先がこちらに向いた。

「え？」

《姉ちゃんも悠希さんが好きなんだよね？　どういうところに惹かれたの？》

「ええっ⁉」

まさか私にまでその質問が及ぶとは思っていなかった。

そんなこと、突然聞かれても答えられないよ……。

助けを求めるように悠希さんを見ると、にっこりと笑いかけられた。

「俺も聞きたいな。穂香が俺のどこが好きか」

助けるどころか、逆に追い詰められてしまった。

悠希さんは口ごもる私を見つめながら、「どこが好きか教えて？」と甘い声でたずねる。

絶対おもしろがってる……。と心の中で文句を言いながら、仕方なく口を開く。

「ゆ、悠希さんは、強引で余裕たっぷりで気ままに振る舞っているように見えるけど、本当は優しくて周囲にすごく気を使ってくれているところが、素敵だと思うし、……す、好きかな」

恥ずかしさをこらえながら言うと、隣にいる悠希さんが小さく息をのんだのがわかった。

《なるほどね。ふたりが本当に付き合ってるって納得できたよ》

「あのね、悠希さんと付き合ってること、お父さんとか他の人には秘密にしてくれる？」

吉永自動車の御曹司が私と付き合っているという話が広がると、悠希さんに迷惑がかかるかもしれない。念のためそうお願いすると、空は《わかった》と頷いてくれた。

《父さんは過保護だから、姉ちゃんに彼氏ができたって知ったら泣いちゃいそうだもんね》

父だけじゃなく、空もかなり過保護だけどね。そう思いながら苦笑いする。

「うん、わかってる」

《アメリカが物騒なのは変わらないんだから、ちゃんと気を付けてよ》

そんなやり取りをしてから電話を切り、はぁーっと息を吐き出した。

「悠希さん、ありがとうございました」

そう言って隣を見ると、悠希さんの顔が真っ赤になっていた。

「え、なんで赤くなってるんですか？」

いつも余裕たっぷりな彼が、動揺を表に出すなんてめずらしい。どうしたんだろう。

彼自身もそんな自分に驚いているらしく、口元を押さえながら「いや」と首を横に振った。

「照れながら俺を好きっていう穂香がかわいすぎて、やばかった……」

「やばい？」

意味がわからず目を瞬かせる。

「あれは反則だろ」

なぜか責められ、思わず反論した。

「そんなことを言ったら、悠希さんの方がずるいですからね。甘い声で好きだよって囁かれて、ドキドキしすぎて心臓が止まりそうになったんですから」

むきになって言うと、彼が「へぇ」と呟き私を見つめた。

「俺に好きだよって言われて、ドキドキしたんだ？」

真顔でこちらを見ながら距離を詰める悠希さんに、心臓がまた跳びはねる。

「ど、ドキドキするに決まってるじゃないですかっ」

「今もドキドキしてる？」

「し、してますけど……っ」

私がそう言うと、悠希さんが耳元に唇を寄せて囁いた。

「じゃあ、確かめてもいい？」

た、確かめるってどうやって……っ⁉

私がパニックになっていると彼の手が伸びてきた。そのまま引き寄せられ、抱きしめられる。

身長差があるから、私の体は彼の腕の中にすっぽりと納まってしまった。たくましい体が密着して、心臓が爆発しそうになる。

悠希さんは私のつむじにあごを乗せ、小さく笑った。

「……本当だ。ドキドキしてる」

うれしそうに言われ、頬が熱くなる。

密着した体から、悠希さんの鼓動も伝わってきた。

彼の心臓も私と同じくらい激しく拍動しているのがわかって、なぜだかとても愛おしくなる。

恐る恐る視線を上げると、悠希さんが熱を持ったまなざしで私を見つめていた。

整った顔に浮かんだ男の色気に、鼓動がまた速くなる。

「穂香」

低く甘い声で名前を呼ばれ、背筋がとろけそうになった。体の奥が熱くなりきゅんとうずく。

そんな自分に驚き、慌てて彼の胸を押し返した。

「も、もう恋人のフリはいいですからっ！」

動揺をごまかすようにそう言い、悠希さんから距離を取る。

「空を納得させるために、嘘をついてくれてありがとうございました。咄嗟にあんな完璧な恋人のフリができるなんて、悠希さんは恋愛経験豊富すぎですよね。本気なんじゃないかって勘違いしそうになっちゃいました」

早口で言い、取り繕う。そんな私を悠希さんがジッと見つめる。

「本気だと思ってもらっていいよ」

「だから、もうからかわないでください。これからお世話になるのに、この調子じゃ心臓が持ちません」

私が眉を下げて苦情を漏らすと、悠希さんが小さく笑った。

「そうだな。これから一緒に暮らすんだから、焦らずじっくり口説くよ」

「え？」

「なんでもない。いろいろあって疲れてるだろうし、そろそろ寝るか」

優しくそう言い、私の頭を撫でてくれた。

その長い指の感触に、また胸がきゅんと跳ねる。

どうしよう。これから彼と一緒に暮らすのに、こんな風に優しくされたら好きになってしまいそうだ……。

ドキドキとうるさい心臓を落ち着かせるために深呼吸をする。

悠希さんは吉永自動車の御曹司で、私とは身分も立場も違う。

こうやって親切にしてくれるのは、私が怪我をした罪悪感からだ。

好意を持ってくれているわけじゃないんだから、勘違いしちゃダメだ。そう自分に言い聞かせた。

悠希さんとの同居生活が始まって一週間。

彼はものすごく私に気を使い、優しくしてくれた。優しいを通り越して、ちょっと過保護すぎるんじゃないかと思うくらい。

彼は私がひとりで出歩くのをものすごく嫌がり、お店へ行く時は絶対にタクシーを使うようにと約束させられたし、帰りは仕事が終わった悠希さんがお店にやってきて彼の車に乗せてもらう。

悠希さんが用事で店に来られない時は、代わりの車を手配してくれるほどだ。

私が怪我をしたことによっぽど罪悪感を抱いているんだろう。

ここまでされると逆に申し訳なくなる。

せめて家事を頑張って恩返しをしようと思ったけれど、ひねった手首を悪化させては大変だからと断られてしまった。

掃除や洗濯や買い出しはハウスキーパーさんがやってくれ、朝食は悠希さんが作ってくれる。

彼が用意してくれる朝食は、焦げた目玉焼きやごろんと大きく切られた野菜のサラダ。とても見栄えがいいとは言えないけれど、普段料理をしないのに私のために頑張ってくれているのが伝わってきて、彼の気遣いと優しさがうれしかった。

お風呂に入ろうとした私に、悠希さんが『怪我した手首を悪化させると困るから、俺が髪を洗う』と言い出した時は大慌てで断ったけど。

『ひとりで洗えます！』と言う私に悠希さんが不満顔をし、『じゃあ、せめて髪は俺が乾かす』という謎の妥協案で落ち着いた。

今日も私がお風呂から出ると、リビングのソファに座る悠希さんがドライヤーを持って待っていた。

「おいで」と言われ、少し緊張しながら彼の前に座る。

こうやってお風呂上がりは、悠希さんに髪を乾かしてもらうのが習慣になった。

どうやら彼は私の髪を乾かすのがお気に入りらしい。悠希さんは楽しげに長い指で私の髪をすく。

「穂香の髪は綺麗だよな。くせのないサラサラの黒髪」

「ありがとうございます。亡くなった母も綺麗な黒髪だったので、母にそっくりだってよく言われます」

「弟の空くんも穂香に似ていたから、姉弟ふたりとも母親似なんだな」

「外見はそうですね。性格は私がおっとりした父似で、しっかり者の空は母似ですけど」

「へぇ」

髪を乾かしてもらいながら悠希さんと他愛のない話をするこの時間が、いつのまにか一日の終わりの楽しみになっていた。

「悠希さんはお兄さんがいるんですよね。似てるんですか?」

私がたずねると、悠希さんは「いや」と首を横に振った。

「兄弟だけどまったく似てない。外見は俺が母親似で、翔真は父親似。性格も正反対」

「正反対?」

「翔真は常に冷静で完璧な優等生で、俺はやりたいことだけやって周りを困らせる問題児だった」

「やんちゃだったんですね」

「というか、そういう役回りをすべきだと思ってたのかもしれない。家族の関係を保つためにも、将来会社を継ぐ時のためにも。俺がそうやってバランスを取っていないと、完璧すぎる翔真がどこかに行ってしまいそうで不安だった」

その言葉には、複雑な気持ちが込められているような気がした。

「悠希さん？」

思わず振り返る。目が合うと、悠希さんはドライヤーを止めた。

「乾いたよ」

「あ、ありがとうございます」

「そろそろ寝るか」

立ち上がった彼に「じゃあ、私はソファで」と言うと、首を横に振られた。

「ダーメ。穂香はベッドで寝ろ」

「でも」

「ほら、おやすみ」

駄々をこねる子どもをあしらうように頭を撫でられ、なにも言い返せなくなる。

仕方なく私は広いメインベッドルームに向かう。

シンプルでセンスのいいインテリアで揃えられた寝室に、キングサイズのベッド。

私は毎晩この広いベッドをひとりで使わせてもらっている。

一日目の夜。悠希さんからベッドルームを使っていいと言われ、部屋はたくさんあるようだから他にもベッドがあるのかなと思っていると、自宅のベッドはひとつだけだと判明した。

じゃあ悠希さんはどこで寝るんだろう。不思議に思っていると、『俺はリビングのソファで寝る』と言われ、慌てて首を横に振った。

家主からベッドを奪うわけにはいかないから私がソファで寝ますと言っても、悠希さんは譲ってくれなかった。

『穂香がベッドを使うなら俺はソファで寝るし、穂香がソファを使うなら俺は床で寝る』

そう言い張られ、仕方なくベッドを使わせてもらっている。

でも、小柄な私がベッドに寝て、長身の悠希さんがソファで寝るなんて絶対おかしい。

リビングのソファは大きく座り心地もいいけれど、身長が百八十五センチもある悠希さんが寝るとさすがに窮屈だろう。

どうにかして悠希さんにベッドを使ってもらいたい。

そう思い、毎晩私がソファで寝ますと言い続けているけれど、悠希さんは絶対に譲ってくれなかった。

強引に見えて本当は誰よりも優しい悠希さんのことを考えると、胸がきゅんとうずく。

悠希さんと一緒に過ごせば過ごすほど、私はどんどん彼に惹かれていた。

どんなに好きになったって、相手にされるわけないのに。

ベッドの中で寝返りを打つと、スマホが短く震えた。

弟の空から、【こんな記事を見つけたんだけど】というメッセージと一緒にウェブサイトのURLが送られてきた。

【独身主義者だった悠希さんに溺愛されるって、姉ちゃんすごいね。まぁ姉ちゃんは美人だし性格もいいし真面目で料理もできて完璧だから、愛されるのは当然で……】

空のメッセージの後半部分は読み流しながらサイトを開くと、ラグジュアリー系の女性雑誌の記事が出てきた。世界のセレブや御曹司を紹介する特集のようだ。

【日本が世界に誇るイケメン御曹司兄弟】という見出しと、ふたりの長身の男性の写真が表示された。

「わ、悠希さんだ……」

どうやらモーターショーに参加した時の写真らしい。

緩やかに波打つ明るい髪に、色素の薄い瞳、彫りの深い甘い顔立ちの悠希さんが、フォーマルなスーツ姿でステージに立っている。長身でスタイルがいいから、モデルのように華やかでセクシーなオーラがある。

その隣にいるのは、きっとお兄さんだろう。艶のある黒髪をうしろに流し、整った顔に知的な微笑みを浮かべる彼は男らしいけど上品で、悠希さんとはまた印象の違う硬質な色気と美貌の持ち主だった。

このふたりが兄弟なんて。イケメン御曹司と話題になるのも無理はない。

読者の興味を引くためか、記事にはふたりの性格や生活スタイルについても書いてあった。

兄の翔真さんは近寄りがたいほどストイックな孤高の存在だったけれど、結婚した今では超愛妻家になり、幼なじみの妻とひとり娘を溺愛するよきパパ。

対する弟の悠希さんは自由奔放な性格が魅力で、束縛されるのを嫌い、たくさんの女性と恋愛を楽しむ独身主義者と書いてあった。

悠希さんは独身主義者なんだ。モテすぎる彼にとって、恋愛は遊びみたいなものなのかもしれない。

そんな彼が私を恋愛対象として見てくれるわけがない。

最初からわかっていたのに、少しだけ胸が痛んだ。


真夜中。私が眠っていると、キイと小さな音が聞こえた。なんの音だろうと不思議に思いながらも、目を開けるのが面倒で夢見心地のまままうとうとまどろむ。

そのまま眠りかけた時、心地いい温もりに包まれた。

なんだろう。あったかい。そう思いながらその温もりに頬ずりをする。

すると頭上でくすりと笑う気配がした。

「……こーら、くすぐったい」

甘く低い声が響き、一気に意識が覚醒する。

驚いてまぶたを上げると、目の前に悠希さんの寝顔があった。私はベッドの中で悠希さんに抱きしめられていた。

なんで悠希さんがここに……⁉

声をあげそうになり、必死に我慢する。

悠希さんは完全に寝ているようだ。きっと寝ぼけてベッドに入ってきてしまったんだろう。

彼は普段はこのベッドルームを使っているから、間違えるのも無理はない。

そう考えながら、息を殺して悠希さんを見る。

この至近距離で見ても顔がよすぎるんですけど……と悲鳴をあげたくなった。

形のいい眉に伏せた長いまつげ、通った鼻すじと綺麗な唇。整った男らしい顔にドキドキしてしまう。

眠っていてもこんなにカッコいいなんてずるい。見とれかけてから、そんな場合じゃないと我に返る。

ベッドの中で抱きしめられてるこの状況をなんとかしなくては。

たくましい胸を押し、少しでも距離を取ろうと頑張る。なんとか腕の中から脱しようともがいていると、長い腕が腰に回った。

「――逃げるなよ」

気だるげな声で命令され、背筋がぞくぞくと甘くうずく。

色っぽすぎる……っ。

私が動揺していると、強く引き寄せられた。さっき以上に体が密着し、ひぇ……っと心の中で悲鳴をあげる。

どうしていいのかわからず動きを止めると、悠希さんはよしよしと甘やかすように私の髪を撫でる。

「いい子だな」

耳元で囁かれ、体の奥がきゅんとうずいた。

密着したたくましい体に、心臓が破裂しそうなほど大きな音を立てる。

そんな私とは対照的に、悠希さんは私を抱きしめたまま寝息を立て始めた。

私はこんなに緊張しているのに、悠希さんは誰かと一緒に眠るのに慣れているみたいだ。

サイトの記事にも、たくさんの女性と恋愛を楽しむ独身主義者と書いてあったし、いつもこうやって女性を腕に抱いて眠っているんだろうな。

悠希さんが私以外の女性を優しく抱きしめる姿を想像すると、胸が引き裂かれるように痛んだ。

どうしよう。悠希さんを好きになっても無駄だとわかっているのに、気付けば彼に惹かれていた。

いつの間に眠ってしまっていたのか、「あれ？」という声で目が覚めた。

ぼんやりとまぶたを上げると、目の前に悠希さんの顔があった。

「俺、なんでここにいるんだ」

彼は自分の腕の中にいる私を見下ろし、不思議そうに首を傾げていた。

「え、あのっ、その……っ。夜中に悠希さんがベッドに入ってきて……っ」

慌てて説明すると、「あー」と納得したように頷く。

「悪い。寝ぼけてた」

「い、いえ。もともとは悠希さんのベッドなので、勘違いするのも仕方ないですっ」

「もしかして俺、ひと晩中穂香を抱きしめてた？」

そうたずねられ、火が噴き出しそうなほど頬が熱くなる。

「寝づらかっただろ」

「あの、その……っ」

確かにはじめはこの状況に緊張していたけれど、彼の寝息や体温が気持ちよくてすぐに眠ってしまった。

むしろ普段よりぐっすり眠れたかもしれない。図太い自分が恥ずかしい。

そんな私をよそに、悠希さんが「日本にいた頃はよく一緒に寝てたから、間違った」と呟いた。

日本にいた頃はよく一緒に寝ていたということは、日本に恋人がいるんだろうか。

昨夜は私をその恋人と勘違いしたんじゃ……。

ショックを隠しながら頭を下げる。

「す、すみません。私がベッドを出ればよかったのに、そのまま寝ちゃって」

「いや。俺が抱きしめて離さなかったんだろ。寝ぼけてると無意識に抱き寄せちゃうんだよな。だからタビによくひっかかれた」

「え、タビ？」

聞き慣れない言葉に、きょとんと目を瞬かせる。

「実家で飼ってる猫」

「猫……」

「夜中に人のベッドに忍び込んでくるくせに、抱き寄せると逃げ出すんだよ」

悠希さんは、私が驚いて距離を取ろうとすると、『逃げるなよ』と強く抱きしめた。

私が動きを止めて大人しくなると、『いい子だな』と撫でてくれた。

あれは、私を愛猫のタビちゃんと勘違いしていたんだ……。

疑問が解消し、思わず脱力してしまう。

「どうした？」

不思議そうに見つめられ、慌てて「なんでもないです！」と首を横に振った。

「タビちゃんって、変わった名前だなと思って」

取り繕うように言うと、悠希さんは優しい表情で頷いた。

「元野良猫なんだけど、足だけ白くて靴下を履いてるみたいだからタビっていうんだ」

「へぇ、かわいい」

「自分から寄ってくるくせに、構おうとすると逃げる。すごいツンデレ」

悠希さんの渋い顔を見てくすくす笑う。どうやらタビちゃんへの想いは悠希さんの一方通行らしい。

そんな話をしながら、彼に抱きしめられたままなのに気が付いた。

「あ、あの、離してもらえますか？」

控えめに胸を押して距離を取ろうとすると、「えー」と不満そうな声を出された。

「穂香もタビと一緒でツンデレ？」

「つ、ツンデレとかじゃなくてっ」

「もう少しこのままくっついてうとうとしてたい」

そう言って、私の体を抱きしめる。まるで抱き枕扱いだ。

「で、でも」

「嫌？」

甘えるような視線を向けられ、胸がきゅんと音を立てた。

「嫌というかっ」

「嫌じゃないならいいだろ」

「うぅ……」

「お願い」

ずるい。こんな色っぽい顔でわがままを言われたら、頷くことしかできなくなる。

「……あと五分だけなら」

渋々そう言うと、悠希さんは「ありがとう」と笑う。そして私を抱き寄せ優しく髪を撫でてくれた。

心臓が大きく音を立てる。

落ち着け、悠希さんは私をタビちゃんの代わりにしているだけだ。よこしまな気持ちはいっさいないんだから。

そう自分に言い聞かせながら、この動揺が悠希さんに伝わっていませんようにと祈る。

「――傷、綺麗に消えたな」

「え？」

視線を上げると、悠希さんが私を見ていた。

「頬の傷。もうほとんどわからなくなった」

彼はそっと私の肌に触れる。慈しむような指先の感触に背筋が跳ねた。

「も、もともとかすり傷でしたし」

「うん。だけど、痕が残らなくて本当によかった」

悠希さんは心から安堵するようにそう言い、私を見つめる。視線から彼の優しさが伝わってきた。

その表情が愛おしすぎて、この人を好きにならずにいるなんて無理だと思った。

ときめきを隠しながら「あの……」と口を開く。

「ん？」

「もしよかったらなんですけど、明日からはベッドで一緒に寝ませんか」

悠希さんに驚いた顔をされ、慌てて説明をする。

「やっぱりベッドを独り占めするのは申し訳ないし、ソファで寝続けるのは体が休まらないじゃないですか。このベッドは広いからふたりで寝ても問題ないと思ったんですけど……」

「自分からそんなことを言って、俺に襲われてもいいのか?」

冗談を言う悠希さんに、顔をしかめながら口を開いた。

「私はそんな自意識過剰じゃないです。遊び慣れた悠希さんが、私なんかを相手にするわけないってわかってます。こうやって抱きしめているのも、愛猫のタビちゃんの代わりなんですよね?」

私の問いかけに、なぜか悠希さんは顔を曇らせる。

「警戒されるのも嫌だけど、ここまで男として意識されないのも複雑だな」

「なんですか?」

「いや。なんでもない」

悠希さんは気持ちを整理するように息を吐き出すと、私の頭を乱暴に撫でる。

「じゃあ、これからは一緒に寝るか」

その言葉に少しドキッとしてしまったけど、動揺を悟られないように頷いた。

それから悠希さんと一緒のベッドで寝るようになって、ひとつ気付いたことがある。

何日かに一度、真夜中に彼のスマホに電話がかかってくる。スマホが短く震えると、いつも悠希さんは私を起こさないようにそっと寝室を出ていった。

誰からの電話だろう……。

かかってくるのはいつも真夜中だから、アメリカではなく時差のある日本からの電話かもしれない。

そう思いながらひとりきりになった寝室で耳を澄ます。悠希さんが誰かと話す声が微かに聞こえてきた。

会話の内容まではわからないけど、リラックスした優しい口調から電話の相手とは親しい間柄なんだとわかった。

女の人だろうか……。

そんな予感にギュッと唇を噛む。

彼が電話を終え寝室に戻ってくると、私は慌てて寝たふりをする。

悠希さんは目を閉じた私の頭を撫でてくれた。

その指の感触が愛おしくて、胸が苦しくなった。

最初は数日だけ悠希さんのお部屋にお世話になるつもりだったのに、気付けば一カ月以上経っていた。

頬の傷は完全に消え、左手首の痛みもなくなった。

それなのに悠希さんは過保護なままで、朝食は彼が作ってくれるし、私の髪も乾かしてくれる。

休日には私を連れ出し、いろいろなお店やレストランに連れていってくれた。ヒールを折ってしまったパンプスも修理してくれたし、それ以外にたくさんの服やアクセサリーを買ってくれた。

こんなにいただけません！と私が何度言っても、悠希さんに簡単に言いくるめられ、私の荷物はかなり増えてしまった。

甘やかされっぱなしなのは申し訳なくて、掃除や料理をさせてもらうようになったけど、このままお世話になり続けるのはさすがに迷惑だろう。

そう思い、そろそろシェアハウスに戻りますと何度言っても、『せめて犯人が捕まるまではここにいてくれ』と引き留められ続け、今に至る。

犯人が捕まるまではと言うけれど、今回の件はうしろから腕を掴まれただけで、警察にも事件としては取り扱ってもらえなかった。この先犯人が見つかる可能性はかなり低いと思う。

「完全に自宅に帰るタイミングを失っちゃったなぁ……」

閉店の準備をしながら呟くと、平川さんに「どうかした？」と声をかけられた。

「いつまでも悠希さんに甘え続けるのは申し訳ないなと思っていたんです」

「いいんじゃない？　男は好きな女性には甘えてもらいたいもんだよ」

そんなことを言う平川さんに目を丸くする。

「好きな女性って、なにを言ってるんですか」

「あれ、違うの？　空くんから、ふたりは付き合ってるって聞いたけど」

「それは、悠希さんが過保護な空を安心させるために嘘をついてくれたんです」

「嘘ねぇ……」

「というか、平川さんは空と連絡を取り合ってるんですね」

空は私が転んで怪我をしたのも知っていたし……と思いながらたずねる。

「あぁ。穂香ちゃんになにかあったらすぐに知らせてほしいって言われてるから」

空が平川さんにそんなお願いをしているなんて知らなかった。

「弟がご迷惑をかけてすみません」

「別にかまわないよ。ちなみに穂香ちゃんと吉永さんの様子も観察して、怪しいところがあれば逐一報告するようお願いされてる」

その言葉に「えっ！」と跳び上がる。

「い、いったいどんな報告をしてるんですか？」

「事実をそのまま伝えてるけど」

「それじゃあ、悠希さんと私が本当の恋人じゃないってばれてしまうんじゃ」

不安になる私に、平川さんが平然と口を開く。

「そうだなぁ……。たとえば、吉永さんは穂香ちゃんがひとりで外を歩かないように徹底して気を使っているとか、毎日仕事が終わってから店にやってきて働く穂香ちゃんを愛おしそうに眺めているとか、客が穂香ちゃんを口説こうとでもしようものならスマートかつ紳士的な牽制で彼女は自分のものだとアピールしていることとか……」

「それ、本当の出来事は最初のひとつだけで、あとは全部嘘じゃないですか」

嘘をついてくれた方が私としてはありがたいけれど、そんな捏造されると悠希さんに迷惑がかかるのでは。

顔をしかめた私を、平川さんが驚いたように見下ろす。

「嘘って。穂香ちゃん、本気で言ってる？」

「だって、私はお客さんに口説かれてないですし、悠希さんが牽制したりもしてないですよ」

「穂香ちゃんは本当に鈍いね。吉永さんと同居して一カ月以上経つのに、まだ彼の好意に気付いてないんだ」

「好意って。適当なことを言わないでください」

平川さんの言葉に苦笑いする。

「悠希さんは優しいから、私が怪我したことに責任を感じているだけです。彼みたいな大人の男性から見れば、世間知らずで頼りない私なんか恋愛対象にならないってちゃんとわかってますから。それに悠希さんはたくさんの女性と恋愛を楽しむ独身主義者なんですよ」

空から教えてもらったサイトを見せながらそう説明すると、平川さんは「吉永さんも大変だね」と息を吐き出す。

「そうですよね。だから、少しでも早くシェアハウスに帰らなきゃと思ってるんです。平川さんからも悠希さんに言ってもらえませんか？」

ふたりで説得すれば、悠希さんも折れてくれるかもしれない。そう思い頼むと「嫌だよ」と即答された。

「余計なことを言って吉永さんに恨まれたくない。あの人を敵に回すとやっかいそうだから」

「どういう意味ですか？」

平川さんは肩を軽く上げただけで答えてはくれなかった。

「それにしても最近、お客様が増えたよね」

お皿を洗いながら話題を変えられ、「そうですね」と頷く。

悠希さんのアドバイスで、お酒の品ぞろえや料理を高級路線にシフトし、値段もそれ相応に見直した。

悠希さんは知事や総領事を連れて食事に来てくれ、それがきっかけでセレブ層にこの店の評判が広がり、売り上げも右肩上がりだ。

「本当にありがたいですね。この調子で頑張らなきゃ」

私が笑顔で言うと、平川さんが声のトーンを落とした。

「ただ、日本でこの店の評判を聞いた青島さんが、不満を持ってるみたいだよ」

「青島さんが？」

「自分のアドバイスを完全に無視されたのに、売り上げが好調なのがおもしろくないんだろ。変なことを考えないといいんだけど」

平川さんはその話を、父から知らされたらしい。

「そうですか……。一度私の方からもお礼とお詫びをした方がいいですかね」

「穂香ちゃんが謝る必要はないよ。そもそも青島さんのアドバイスは的外れなものばかりで役立ったことは一度もないし」

　確かに、青島さんのアドバイスは現実的ではないものも多いけど……。

「平川さんって実は毒舌ですよね」

「正直なだけだよ」

「空には、私と悠希さんの嘘の報告をしてるのに？」

「それは事実だから」

　しれっと言う平川さんに苦笑する。

「そういえば、今日は吉永さん遅いね」

「そうですね。お仕事忙しいのかな」

　いつも悠希さんは仕事が終わってからお店にやってきて、食事をしながら閉店を待って私と一緒に自宅に帰る。

　けれどもう閉店の二十二時なのに今日はまだ来ていなかった。

　なにかあったのかな。

　そう思っていると、スマホが震えた。悠希さんからの着信だった。

「はい、もしもし」

《穂香？》

してしまう。

電話に出ると、悠希さんの声がした。この声で名前を呼ばれると、いつもドキッと

《悪い。急な用事が入って遅くなる》

「わかりました。忙しいんですね」

《帰りの車を手配するから》

「そこまでしなくても、大丈夫ですよ」

過保護な悠希さんに首を横に振ると、話を聞いていた平川さんが「穂香ちゃん」と

声をかけてきた。

「吉永さんが来れないなら俺が送ろうか?」

「いいんですか?」

「もちろん」

そんなやり取りをしていると、悠希さんに《誰と話してるんだ?》とたずねられた。

「あ、平川さんです。悠希さんが来れないなら送ると言ってくれて」

私が説明すると、悠希さんの声がわずかに低くなる。

《ふーん。平川さんは穂香とふたりきりで話す時は、敬語じゃなくなるんだ》

平川さんとのやり取りが聞こえていたらしい。不満げに呟く悠希さんに首を傾げる。

「そうですけど……。どうかしましたか？」

《いや、仲がいいんだなと思っただけ。ちょっと平川さんに代わってもらってもいいか？》

彼の言葉に頷いて、平川さんにスマホを渡す。

平川さんは悠希さんと短い会話を交わし、通話を切る。そして苦笑いしながらスマホを返してくれた。

「どうしたんですか？」

「いや、吉永さんに『俺の大切な穂香が無事に家に帰れるようくれぐれもよろしくお願いします』ってしっかり牽制されたのがおもしろくて」

「からかわないでください。悠希さんが『俺の大切な穂香』なんて言うわけないじゃないですか」

私が顔をしかめると、平川さんはくすくすと笑う。

「空くんにも報告しておくよ。吉永さんは俺にまで嫉妬するくらい、穂香ちゃんにべタ惚れだって」

そう言う平川さんを見て、やっぱり彼が正直というのは嘘だなと思った。

平川さんに送ってもらい、自宅に帰る。

寝る準備を済ませリビングでぼんやりしていると、玄関から音が聞こえた。廊下に出て悠希さんを出迎える。

「悠希さん、おかえりなさい」

「ただいま、穂香。今日は迎えに行けなくてごめん」

「そんな、気にしなくていいですよ。平川さんに送ってもらいましたし」

私がそう言うと、悠希さんはちょっと不機嫌な顔をした。

「平川さんを信用しきってるんだな」

「それはそうですよ。長い付き合いですから」

彼は私が学生の頃からせりざわで板前さんとして働いてくれていた。お店の大事な一員であると同時に、私の成長を見守ってきてくれたお兄さんみたいな存在だ。

「俺よりも信用してる?」

そう問いかけられ、返答に困る。

「そんなこと聞かれても、比べられないです」

「じゃあ、俺と平川さん、どっちが男として魅力的だと思う?」

悠希さんがまっすぐに私を見つめた。真剣な表情がかっこよくて鼓動が速くなる。

「お、男としてって言われても……」

「答えられないいんだ？」

動揺しながらそう言うと、悠希さんは「既婚者?」と目を瞬かせた。

「はい。板前さんなので結婚指輪はしてませんが、日本に奥様と子どもがいるんです。平川さんはああ見えて、毎晩ビデオ通話で愛娘の顔を見てお話ししている子煩悩のパパなんですよ」

娘さんが小さいので、今はまだご家族は日本で暮らしている。店が軌道に乗ったらアメリカに呼び、一緒に暮らす予定だ。

私が説明すると、悠希さんは額に手を当ててはぁーっと長い息を吐き出した。

「……なんだ。俺はひとりで誤解して嫉妬してたのか」

「嫉妬って。からかわないでください」

「からかってないよ。俺の勘違いでよかった」

そう言って、目元にかかる髪をかき上げながら私に笑いかける。

悠希さんは私を困らせておもしろがっているだけだ。わかってるのに、こちらを見つめる視線がいつもより色っぽく見えてドキドキしてしまう。

「悠希さん、ちょっと酔ってます？」

私の問いかけに悠希さんは「ん」と頷いた。

「日本から取締役たちがアメリカに来ていて、食事に付き合わされた」

吉永自動車の創業家に生まれた悠希さんにとって、経営陣や役員たちは幼い頃から知っている、親戚のような間柄なんだろう。

「さっさと日本に帰ってこいって口うるさく言われたよ」

「え。悠希さん、日本に帰るんですか？」

「今のところ断ってはいるけど、最終的には本社に戻らないといけないだろうな。日本に帰るとあちこちから縁談を持ち込まれるから面倒なんだけど……」

ひとり言のような呟きを聞いて胸が痛んだ。

吉永自動車の御曹司と結婚したいと願う人たちは数えきれないほどいるだろう。彼の妻になるのは、裕福な家庭に生まれ上質な教育を受けた女性が相応しい。一般庶民の私なんかが相手にされるわけがない。

込み上げるさみしさをこらえながら話題を変えた。

「悠希さんは、会社ではどんなお仕事をしているんですか？」

「アメリカで優位に立ち回るための人脈作りと、組織体勢の構築かな」

「組織体勢の構築ですか……」

意味がわからず繰り返すと、悠希さんが説明してくれた。

「今までは北米支社も日本の本社と同じような体制で動いていたけど、それじゃ様々な人種が集まり、社員の入れ替わりも早いこっちの風土に適していなかった。だから俺が来てからは、それまでの保守的な体制を壊して風通しのいい組織に作り替えたり、労働環境を整えてより優秀な人材が入ってくるようにしたり。そういうことをしてる」

「今までのものを壊すって、大変ですよね。反対する人もいそう」

「まぁね。革新には必ず不満が出て、それを受け止める悪役は俺みたいなキャラクターがちょうどいい。品行方正で完璧な兄貴にはできない仕事をしてる」

さらりと言ってのけたけれど、彼の仕事はきっととても大変だろう。ものすごい苦労も重責もあるはずだ。

「日本から来た年寄りたちに、お前は相変わらずチャラチャラしてるって説教されたよ。兄の翔真を見習えって。俺は子どもの頃からわがままで自由奔放に振る舞ってきたから、説教したくなる気持ちもわかるけどな」

笑いながら言う彼に、思わず「そんなことないです」と強い口調で反論した。

「悠希さんはわがままなふりをしてるだけじゃないですか」

「ふり？」

「私、気付いたんです。悠希さんが自分の意見を押し通そうとする時って、たいてい遠慮する私を納得させるためだって。悠希さんは俺様で強引に振る舞うことで、周りの人が気を使わずに済むようにしてくれてる。誰よりもその場の空気を読んで人を思いやってくれてるって、ちゃんと伝わってます」

私がそう言うと、悠希さんは驚いたように黙り込む。ゆっくりと息を吐き出してからこちらを見た。

「そんな風に言われたの、初めてだから驚いた」

そして、ひとり言のようにぽつりぽつりと話してくれた。

「兄の翔真は子どもの頃から頭がよくて運動もできて性格もいい優等生だったんだ。それなのにストイックで自分に厳しく、人の上に立つことを避けて、『自分よりも弟の悠希が会社を継ぐべきだ』っていつも言ってた」

サイトに載っていたお兄さんの姿を思い出す。確かにあの写真からも品行方正でストイックな雰囲気が伝わってきた。

「悠希さんはそれが嫌だったんですか？」

「嫌だったね、かなり。どう考えても、俺なんかより優秀な翔真が会社を継ぐべきだろ」

「だから、子どもだった悠希さんはわざと自由奔放に振る舞って、お兄さんを立てようとしたんですね」

自信満々で意地悪で不遜な態度で人を振り回しているように見えるけど、彼の根底には優しさと思いやりがある。それがちゃんと伝わってきた。

「私は好きですよ。そういう悠希さんが」

自然に好きという言葉が口から出た。悠希さんは一瞬驚いたように息をのみ、私を見つめた。

「……悪い、抱きしめてもいいか」

「え？」

驚いて目を瞬かせる。私が答える前に、たくましい胸の中に閉じ込められた。

悠希さんは私の髪に顔をうずめ、ゆっくりと息をする。

「ゆ、悠希さん……？」

「嫌だったら、殴ってでも逃げて」

そう言われ、ぎこちなく首を横に振る。

緊張して心臓が止まりそうだけど……。

「嫌、じゃないです」

小さな声で言うと、「お人よしだな」と悠希さんが笑う。耳に吐息が触れ、胸がきゅんとうずいた。

洋服越しに伝わる体温や息遣いが、どうしようもなく愛おしく感じた。

悠希さんは私を抱きしめたまま息を吐き出す。

「なんか、救われた」

そう呟き、私の体をきつく抱きしめる。

世界的に有名な大企業の御曹司として生まれ、幼い頃から会社を継ぐことを定められた人生。悠希さんはいつも明るく軽やかに振る舞っているように見えるけれど、私には想像できないくらいの重責とプレッシャーを感じ続けてきたんだろう。

たくましい体の感触も心地いい体温も少し速くなった鼓動も、彼のすべてが愛おしかった。

私も悠希さんを抱きしめてあげたくて、恐る恐る彼の背中に手を回す。すると、悠希さんは私を抱きしめる腕にさらに力を込めて囁いた。

「穂香の心臓、すごいドキドキしてる」

「し、仕方ないじゃないですか……っ」

この状況で、ドキドキするなっていう方が無理だ。うつむきながら言うと、「穂香、顔見せて」と悠希さんはこちらを覗き込もうとする。

「嫌です」

悠希さんの胸に額をこすりつけるようにして首を横に振る。

きっと私の顔は真っ赤になってる。こんなに動揺していたら、悠希さんへの恋愛感情がバレてしまうかもしれない。

「お願い」

低く甘い声で囁かれ、体が熱くなる。色っぽいおねだりにあらがえず、おずおずと顔を上げる。

悠希さんは驚くほど真剣な表情で私を見つめていた。その端整な顔にはぞくっとするほどの色気が浮かんでいて、呼吸することを忘れてしまいそうになる。

「――穂香」

名前を呼ばれただけで、背筋が甘くうずいた。彼の長い指が私の頬を撫で、そのままあごをすくい上げる。

まっすぐに見つめられ、体の奥に熱が生まれた。

悠希さんとキスしたい。悠希さんに触れたいし、触れられたい。湧き上がる欲望に戸惑う。

二十六年間生きてきて、そんなことを思うのは初めてだった。

その気持ちが伝わったのか、悠希さんの茶色がかった綺麗な瞳が熱を帯びる。ふたりの間の空気が濃密になった気がした。無意識にごくりと息をのむ。

悠希さんの顔が近付き、私は緊張で震えながら目を閉じた。心臓が破裂しそうなほど大きく脈打っていた。

あと数センチで唇が重なる。

そう思った時、リビングから電子音が聞こえてきた。びくんと体が跳ねる。

目を開けると、悠希さんが戸惑った表情でこちらを見ていた。

「悠希さん……?」

「悪い」

彼は短くそう言うと、私から目をそらした。自分を落ち着かせるように口元を手で押さえ、息を吐き出す。

「……危なかった」

そう呟く横顔を見て、一気に現実に引き戻された。

悠希さんは雰囲気に流されてキスをしようとしただけで、私を好きなわけじゃないんだ。多分、今このタイミングで電話がかかってきたことにホッとしてる。

そんな彼の気持ちが伝わってきた。

「で、電話が鳴ってるので行きますね」

ショックを隠しながらリビングに向かい、テーブルの上にあるスマホを手に取る。

日本にいる父からの電話だった。

「もしもし」

スマホを耳に当てると、父の声が聞こえた。

《穂香。大変なことになった》

「え、大変って？」

《このままじゃ店がつぶれる。従業員の給料さえ払えなくなる》

切羽詰まった口調から深刻さが伝わってくる。スマホを持つ手が震えた。

「なにかあったのか？」

私の表情を見て悠希さんが声をかけてくれた。

心配させたくなくて、「なんでもないです」と慌てて首を横に振る。

「ちょっと、違う部屋で話してきますね」

そう言ってリビングを出て父の話を聞いた。

「急につぶれるなんて、なにがあったの？」

《なぜかうちの店が倒産するという噂が流れたらしいんだ。青島さんの紹介で融資をしてくれていた人たちが、一斉に金を返せと言ってきた。それに取引先からも、掛けで仕入れた代金を今すぐ現金で払ってくれって。払うまでいっさい取引しないって……》

「そんな」

今の経営状況で、すべての融資の返済と売り掛けで仕入れた代金を現金で支払うなんて到底無理だ。

「払えなければどうなるの？」

《仕入れができなければ営業もできない。店は休業せざるを得ないし、このままじゃ従業員も家族も路頭に迷うことになる》

突然店がつぶれるなんて、今まで一生懸命働いてくれた従業員に申し訳ない。

それに弟の空は小学生で、これからまだまだお金が必要なのに……。

「なにか方法はないの？」

《それは……》

父は言葉を詰まらせ黙り込む。

「方法があるなら教えて。私にできることならなんでもするから」

私が必死にそう言うと、父はゆっくりと息を吐き出す。そしてなにかをごまかすように《父さんがなんとかするから》と明るい声で言った。

「なんとかって……。切羽詰まった状況なんでしょう？」

《そうだけど、穂香は心配しなくていい。アメリカの店の今後についても考えなくちゃならないから、また連絡する》

父はそう言い、電話を切った。

お金を返す当てなんてないくせに、いったいどうするつもりなんだろう……。

不安な気持ちでリビングに戻ると、心配した悠希さんが「大丈夫か？」と声をかけてくれた。

「電話、お父さんからだろ？　なにかあったのか？」

真剣な表情で問われ、慌てて「なんでもないです」と首を横に振った。

悠希さんに事情を話せば力になってくれるかもしれない。だけど、今でさえたくさん迷惑をかけているのに、これ以上彼に甘えることなんてできない。そう思い、必死に言い訳を探す。

「父が店で大切な食器を割ってしまったらしくて、その報告でした」

無理やりに笑顔を作ってそう言うと、悠希さんは疑わしそうな表情で私を見つめた。

「本当に？」

「本当ですよ。人騒がせな父ですみません」

悠希さんの顔をまっすぐ見られなくて、目をそらしながらそう言う。

「穂香」

「明日は早めにお店に行きたいので、もう寝ますね」

まだ納得していない彼に背を向け、私はひとりリビングを出た。


翌日。落ち着かない気持ちでいつもより早くお店に向かうと、入り口のカギが開いていた。

平川さんがもう来てるのかな……？

ドアを開け中に入ると、平川さんの声が聞こえてきた。誰かと電話をしているようだ。

「は？　青島さんはそんなふざけた話を本気で言ってるんですか？」

いつも穏やかな平川さんがこんな風に声を荒らげるなんてめずらしい。そう思っていると、彼の口から予想外の言葉が飛び出した。

「店を援助する代わりに、穂香ちゃんと結婚させろなんて！」

結婚って、私と青島さんが……？

驚いて、持っていたバッグが手から滑り落ちた。その物音に気付いた平川さんが、こちらを振り返り目を見開く。

「穂香ちゃん」

私に今の会話を聞かれたくなかったんだろう。彼は焦った表情で電話を切ろうとする。

「平川さん。電話の相手は父ですか？」

私が冷静にたずねると、彼は観念したように頷いた。

「そうだけど、今の話は……」

「代わってもらっていいですか？」

まっすぐに平川さんを見つめながらお願いする。彼は苦々しい表情を浮かべながらもスマホを渡してくれた。

「もしもし、お父さん？」

《穂香……》

「青島さんが、私と結婚すればお店の援助をするって言ってくれてるんだね」

《その話は聞かなかったことにしてくれ。穂香を帰国させて自分と結婚させれば援助するとは言われたけど、そんな条件最初から受け入れるつもりはないよ。平川くんとこれからのことについて相談していただけなんだ》

「でも、断ったらお店がつぶれちゃうんでしょう？」

《店より、穂香の幸せの方がずっと大事だ》

「お父さん……」

私の気持ちを最優先してくれるお人よしな父が大好きだと思った。そして結婚の話を聞いて憤ってくれた平川さんも。私が頷けば、みんなを助けることができる。

ゆっくりと息を吐き出し、口を開く。

「私、青島さんと結婚するよ」

《穂香、無理をしなくていい》

心配する父に、「無理なんてしてないよ」と笑いながら言う。

「ちょうど、アメリカで働くのも疲れたから日本に帰りたいなと思ってたの。青島さんと結婚すれば、金銭的にも困らず裕福な生活ができそうだし、むしろこんなラッキーな話ないよ」

《穂香……》

父が気を使わないように、必死に明るい声を出した。だけど、胸がつぶれそうなほど痛かった。

父との電話を切り、息を吐き出す。

「平川さん。そういうわけで、アメリカのお店は閉めて帰国することになりました。閉店作業でバタバタすると思いますが、よろしくお願いします」

そう言うと、平川さんに肩を掴まれた。

「青島さんと結婚するなんて、正気か？」

真剣な表情で問われ、なんとか笑みを浮かべながら頷く。

「そんな怖い顔しないでください。青島さんと結婚すればお店は営業を続けられるし、私は余裕のある結婚生活が送れるし、みんな幸せになれるじゃないですか」

「幸せなわけないだろ。穂香ちゃんには吉永さんが……」

その言葉に悠希さんの顔が浮かび、涙が込み上げてきた。

「悠希さんは同情で私の面倒を見てくれていただけです」

悠希さんみたいに素敵な人が、私なんかを相手にするわけがない。それに、吉永自動車の御曹司と一般庶民の私とじゃ釣り合いが取れるわけがない。

どうせ好きな人と結婚できないんだから、家族が幸せになる選択をするべきだ。そう自分に言い聞かせ、必死に前を向く。

「だとしても、事情を話して相談した方がいい」

「でも……」

「穂香ちゃんが言いづらいなら、俺から連絡する」

スマホを持った平川さんの腕に、慌ててしがみついた。

「やめてください。これ以上悠希さんに迷惑をかけたくないんです！」

悠希さんは優しいから、事情を話せば助けてくれるかもしれない。

だけど、今でさえ怪我を負わせたという罪悪感に甘え部屋に住まわせてもらっているのに、これ以上彼に迷惑をかけるわけにはいかない。

「悠希さんに連絡をしたら、平川さんとは絶交しますからっ」

咄嗟に口をついて出た子ども染みた脅しに、平川さんが「絶交って」と呟き、肩から力を抜く。

「お願いします。これ以上悠希さんに甘えたら、私は自分のことが許せなくなってしまいます。彼のことが大切だから、迷惑をかけたくないんです。なにも言わずに日本に帰らせてください」

私が必死にそう訴えると、平川さんは大きく息を吐き出した。

翌日から平川さんと共に帰国の準備を始めた。

平川さんには『やっぱり吉永さんに相談した方がいい』と何度も説得されたけど、私は首を横に振った。

悠希さんに店を閉め日本に帰ると言えば当然事情を聞かれるだろうから、彼には内緒で帰国の準備をすることにした。

予約がいっぱいだからと嘘をつき、しばらく店に来ないようにお願いした。

その間に店の賃貸契約の解除や各種届出をし、借りていたシェアハウスも解約した。

一週間ですべて準備を終え、荷物もまとめ終わり、明日の午前の便で日本に帰る。

今日が、悠希さんと過ごす最後の夜だった。

悠希さんが入浴中、私はリビングで悠希さんへの手紙を書いていた。

お礼を伝えたいけれど直接言うと泣いてしまいそうだから、今までの感謝とたくさん迷惑をかけたこと、そしてお別れも言わずここを去ることの謝罪を文章にする。

ペンを持ちながらカレンダーを見て、悠希さんと出会ってからまだ一カ月半しか経っていないことに気付いた。

もっと長い時間、彼と一緒にいるような気がするのに……。

今までのことを思い出していると、リビングのドアが開き悠希さんが入ってきた。

慌てて書きかけの手紙を隠した私を見て、「どうした？」と不思議そうにたずねる。

「な、なんでもないですっ」

呼吸を整えながら首を横に振る。

お風呂から上がったばかりの悠希さんは、濡れた髪をざっくりとかき上げ、緩くバスローブを羽織っていた。胸元から男らしい鎖骨が覗いていて、ずるいくらい色っぽい。

いつも目のやり場に困っていたけど、彼のこんな姿を見るのも今日で最後なんだなと思う。

「あの。髪、乾かしましょうか」

私がそう言うと、悠希さんが首を傾げた。

「いつも髪を乾かしてもらっているので、今日は私が悠希さんの髪を乾かしたいです」

これまでたくさん優しくしてもらったから、少しでもそのお返しがしたい。

そんな私に悠希さんは「じゃあ、頼もうかな」と頷いてくれた。

ソファに座りドライヤーを持つと、彼が私の前に座る。長身の悠希さんを見下ろすのは新鮮だった。

バスローブから覗く長い首や男らしい肩のラインが綺麗でドキドキしてしまう。

少し緊張しながら、いつも彼がしてくれるように丁寧にドライヤーをかける。

「そうだ。悠希さんは夢ってありますか？」

髪を乾かしながらたずねると、悠希さんは「そうだな」と少し考えてから口を開いた。

「吉永自動車を、社員が働いていて幸せだって思える会社にしたいかな」

「会社を大きくする、とかではないんですね」

「小さな夢だってがっかりした？」

彼の問いかけに「まさか」と首を横に振る。

「売り上げや会社の規模も大切だってわかってる。だけど、世界中の関連会社を含めると何十万人って人が吉永自動車のために働いてくれていて、その人たちが誇れるような会社であり続けることが、経営者としての義務だと思ってる」

それは彼が前に言っていた、組織の構造を変えたり労働環境を整えたりすることに繋がるんだろう。

いつも人を思いやる悠希さんらしい返答だ。今日でもうお別れなのに、また彼に惹かれてしまう。

「穂香の夢は？」

逆にたずねられ、「そういえば、考えたことないです」と答えると、意外そうな顔をされた。

「学生の頃から共働きの両親の助けになりたくて年の離れた弟の面倒を見てきました。母が亡くなってからは私が父を支えなきゃって必死で働いてきて、自分の将来や夢を考える余裕はなかったので」

「じゃあ、今考えてみればいい。なにも思いつかない？」

優しく問いかけられ、「……お嫁さんになりたいです」と素直な気持ちが漏れた。

「お嫁さん？」

「好きな人と結婚して、子どもを産んで、温かい家庭を作りたいです」

だけど、その夢は絶対に叶うことはないってちゃんとわかってる。私は明日、日本に帰り、青島さんと結婚するんだから。

胸が痛くなり、ごまかすように明るく言う。

「子どもみたいな夢ですよね」

「その夢、俺が叶えてやろうか？」

彼の言葉に、心臓が大きく跳びはねた。

「そうやって、からかわないでください」

これはいつもの冗談だ。本気で言っているわけがない。そう自分に言い聞かせ、「乾きましたよ」とドライヤーを止める。

「ありがとう。気持ちよかった。これからは、毎日穂香にしてもらおうかな」

微笑んだ彼に「いいですよ」と頷きかけて我に返る。

そんな約束できるわけがない。明日の朝、私はここを出ていくんだから。

こうやってふたりで過ごすのは、今日が最後なんだ。

幸せだった日々の終わりを実感して、言葉に詰まった。

「穂香？」

黙り込んだ私を、悠希さんが不思議そうに振り返る。

瞳の奥を覗き込まれると、愛おしさが溢れ涙が込み上げてきた。

どうしよう。悠希さんが好きで仕方ない。彼と離れることが、こんなにつらいなんて思わなかった。

毎日一緒に暮らしてきたのに、明日からはもう会えない。そう思うだけで、引き裂かれるように胸が痛んだ。

私は今まで家族を助けるために必死で働いてきた。父や弟が大好きだったし、誰かのために頑張ることを苦痛だと思ったことはない。

だけど、本当は少し無理をしてたのかもしれない。

悠希さんに初めて会った時、『君はえらいよ』と笑いかけられ、ふっと肩の力が抜けた。優しい言葉が胸に響いて、自然と涙が込み上げてきたことを思い出す。

年上で懐の大きい彼は、どんな時も私を甘やかしてくれて、一緒にいるとすごく安心できた。意地悪な視線も、からかいを含んだ笑みも、時おり見せる男の顔も、全部全部大好きだった。

なにも言えず黙り込むと、悠希さんが私の頬に触れる。

「穂香」

低い声で名前を呼ばれ、体が震えた。

「そんな表情で見つめられると、勘違いしそうになる」

「そんな表情って……？」

「俺のことが、好きで好きで仕方ないって顔をしてる」

そう言われ、肩がびくんと跳ねる。

どうしよう。必死に隠していた彼への気持ちがばれてしまった。動揺で頬が熱くなる。

　顔をそらそうとしたけれど、それを阻止するように悠希さんの手が私の後頭部に回った。

　真剣な表情をした悠希さんにまっすぐに見つめられ、ただ息をのむ。心臓が破裂しそうなくらい大きく胸を打っていた。

「……もしかして、誘ってるのか？」

　私の気持ちを確かめるような問いかけだった。

　悠希さんと一緒にいられるのは、今日が最後だ。だから、一度だけでいいから彼に抱かれたい。生まれて初めて好きになった悠希さんとの思い出が欲しい。

　そんな身勝手な気持ちが抑えきれなかった。

　おずおずと頷くと、悠希さんの表情が変わった。

「今さら冗談だって言っても、やめられないぞ」

「じょ、冗談なんかじゃないです……。だから、やめないで」

　震える声で言うと、端整な顔から余裕が消えた。いつもの意地悪な笑みの代わりに、男の色気が浮かぶ。

　強い視線にとらえられ、その迫力に背筋がぞくぞくとうずいた。

悠希さんの顔が近付き、緊張でギュッと目を閉じる。そのまま唇が重なった。

「ん……っ」

触れた瞬間、電気が走ったみたいに背筋がしびれる。驚いて身を引こうとすると、あやすように耳の裏を撫でられた。

「あ、ん……」

耳殻を長い指がなぞる。それだけで気持ちがよくて体から力が抜けていく。

一瞬唇が離れ、今度は下唇を優しく噛まれた。舌先で唇の合間をなぞり、ゆっくりと口内に入ってくる。

柔らかい舌の感触に驚いてびくんと肩が跳ねた。すると、悠希さんが小さく笑った。

「そんなに緊張するなよ。つられてこっちまで緊張するだろ」

からかうような口調で言われ、「嘘つき」と彼を睨む。

「悠希さんがこんなことで緊張するはずがないじゃないですか」

悠希さんは遊び慣れた大人の男だ。恋愛経験もいっぱいあって、こういうことには慣れているのに。

「嘘じゃないよ」

甘い声で言い、私を見つめながらまた唇を重ねる。

こんなやり取りも、私をリラックスさせるための気遣いなんだろう。彼の優しさを感じ、愛おしさがさらにつのった。

目を合わせながらするキスは、恥ずかしいのに気持ちよくて、理性が崩れていく。

「ん……、悠希さん……」

キスの合間に名前を呼ぶと、「ん？」と透き通った綺麗な瞳がこちらを見つめる。

「気持ちいい……」

キスがこんなに気持ちがいいものだなんて知らなかった。

とろんとしながら呟くと、悠希さんが頭を撫でてくれた。

「穂香、好きだよ」

そう囁かれ、愛おしさに胸が張り裂けそうになった。

これは彼のリップサービスだ。

きっと私の恋愛感情に気付いて、優しさと同情で相手をしてくれてるだけなんだ。

わかっているのに、彼から言われた『好き』という言葉がうれしくて泣きそうになる。

ソファの上に押し倒され、悠希さんが私の服を脱がせていく。肌に触れられるたびに甘い声が漏れた。

気持ちよくて、幸せで、理性が溶けていく。そんな私を、悠希さんが強く抱きしめてくれた。

触れ合う肌も、心地いい体温も、伝わる鼓動も、覆いかぶさる重さも、すべてが愛おしかった。

悠希さんが服を脱ぎ、髪をかき上げながらこちらを見下ろす。均整の取れたたくましい上半身があらわになり、体の奥がきゅんとうずいた。

柔らかく華奢な私の体とは違い、悠希さんの体には鍛えられた筋肉がついていた。甘く端整な顔に色っぽい表情。たくましい肩や、凹凸のある腹筋、引きしまった腰のライン。すべてが美しくてずるいくらい魅力的だ。

これからこの人に抱かれるんだ……。そう思うだけで、ぞくぞくと体がうずいてしまう。

「本当にいいのか？」

その問いかけに、緊張しながら頷いた。

悠希さんは私の太ももを開き、ぐっと体を押しつける。そこに触れた硬く熱い感触に、驚いて息をのむ。

「怖い？」

「こ、怖くないです」

「本当に？」

「本当です」

強がりではなく、本当に怖くなかった。悠希さんとひとつになりたくてたまらなかった。

押しつけられた熱が、ゆっくりと私の体の中に入ってくる。

私は初めてな上に、悠希さんとはかなりの体格差があった。誰にも触れられたことのない部分を押し開かれ、圧迫感と痛みに呼吸が止まる。

ギュッと目をつむると、優しく頬を撫でられた。

「こら、力むな」

甘く叱られ、おずおずと目を開ける。

「大丈夫。無理にしたりしないから」

優しい言葉に自然と体から力が抜けた。

悠希さんは私の髪を撫でながら、おでこにキスをしてくれる。そのまま鼻先やまぶたにもキスをされ、くすぐったさに肩を竦めた。

私がリラックスしたのを見計らって、ゆっくりと体を進める。痛みを感じ私の体が強張ると腰を止め、甘やかすようなキスをしてくれる。

経験のない私のペースに合わせるのはきっともどかしいだろう。容赦なく抱いて自分だけ快感を求めることだってできるのに、私につらい思いをさせないように、気を使ってくれているのがわかった。

悠希さんの優しさを感じ、下腹部がきゅんとうずく。

私の内側が悠希さんを締めつけ、その瞬間「あ……っ」と上ずった声が漏れた。

「どうした？」

「な、なんでも……」

問いかけに戸惑いながら首を横に振る。けれど悠希さんは私の変化を見逃さなかった。こちらを見下ろしながらちょっと意地悪に微笑む。

「ここが気持ちよかった？」

腰を押しつけられ、「あん……っ！」と甘い声が出た。慌てて口を閉じたけど、もう遅かった。

「わかった、ここだな。ゆっくりかわいがってやるから」

悠希さんはそう言い、たくましい腹筋を収縮させ腰を押しつける。敏感な内壁をこすられ、背中が跳ねる。

「ん……、あぁ……っ！」

圧迫感が快感に変わり、声が止まらなくなった。

「や、ダメ……、気持ちいい……」

涙声で言うと、悠希さんが「俺も」と呟いた。

「……俺も、すげぇ気持ちいい」

掠れた声でそう言われ、胸が震えた。悠希さんが私の体で気持ちよくなってくれた。うれしくて体の内側がきゅんきゅんとうずく。

「悠希さん……」

必死に息をしながら名前を呼ぶと、悠希さんが愛おしそうにこちらを見つめる。それだけで体の内側がとろけ、さらに快感が増した。

自分の体がこんなに敏感にできているなんて知らなかった。彼に触れられる場所すべてが気持ちよくて、どうしていいのかわからなくなる。

こちらを見下ろす透明感のある綺麗な瞳。きゅっと結んだ口元から時おり漏れる熱い吐息。私に覆いかぶさる筋肉質の体。すべてが煽情的で、頭がくらくらする。

「穂香……」

低い声で名前を呼ばれ、体の内側がわななないた。愛おしくて涙が込み上げてくる。

この夜のことを一生覚えておこうと思った。

朝になれば私はこの部屋を出ていく。日本に帰り、青島さんと結婚する。もう、二度と悠希さんに会うこともなくなる。

だから、一生に一度だけ、大好きな人に抱いてもらったこの夜のことを、絶対に忘れないでおこう。ずっとずっと大切な思い出にして生きていこう。

そう思いながら、必死に涙をこらえた。

突然失った温もり　悠希ｓｉｄｅ

目を覚ますと、腕の中にいるはずの穂香の姿がなかった。

シャワーでも浴びているんだろうか。そう思いながらも、妙に落ち着かなくて体を起こす。

寝室を出てバスルームを覗いたけれど、しんと静まり返り人の気配はなかった。リビングにも彼女の姿はなく、テーブルの上に手紙が置いてあった。

それを見て、漠然とした胸騒ぎが嫌な予感に変わる。

手紙を開くとそこには丁寧な文字で俺への感謝がつづられていた。それから、アメリカの店をたたみ、日本に帰るということも。

「――は？」

その手紙を読んで、思わず低い声が出た。

穂香が日本に帰った？　俺になんの相談もなく？

手紙の最後に書かれた文章を見て、「どういうことだよ」と呟いた。

【昨夜のことは、すみませんでした。二十六歳にもなって恋愛経験がないのがコンプレックスで、アメリカでの最後の思い出に誰でもいいから抱いてもらいたかっただけなんです。悠希さんのことが好きだったわけではないし、責任を取ってほしいなんて思っていないので、安心してください】

突き放すような言葉に、怒りが込み上げる。

「ふざけるなよ」

穂香と一緒に暮らした一カ月半の間、俺がどんな気持ちでいたかなんて、彼女が知るわけもないけれど、それでも文句を言わずにはいられなかった。

初めてデートをした時から、自然と彼女に惹かれていた。

純粋で素朴な反応が新鮮でかまいたくなるだけだ。最初はそんな言い訳で自分を納得させ気持ちをごまかしていたけれど、穂香が怪我をしたことをきっかけに彼女への想いを自覚した。

一緒に暮らし始めてからは、ずっと我慢の連続だった。

俺をまったく警戒しない無防備な穂香を前に、襲ってしまおうかと何度も思った。抱きしめてキスをして、俺を男だと意識させたい。彼女に触れてとことん甘やかして、俺以外の男では満足できないようにしてやりたい。

けれど、もし手を出して彼女に拒絶されたら？

俺が好意を抱いていると彼女が知れば、この部屋を出ていくと言いかねない。襲った犯人もわからないまま、穂香をあの治安の悪いシェアハウスに住まわせるなんてできるわけがない。

だから、今は手を出すべきではない。そう何度も自分に言い聞かせた。

俺が血のにじむような思いで毎日葛藤しているというのに、穂香はどこまでも無自覚だった。

ベッドで一緒に寝ませんかと提案された時は、本当に襲ってしまいたくなった。

こっちは必死に我慢しているのに、穂香はすやすやと気持ちよさそうに眠りながら、俺の胸元に小さな額をこすりつける。そっと頭を撫でると、幸せそうな笑みを浮かべる。

そのかわいさに激しい欲望が込み上げ、歯を食いしばりなんとか理性を保っていた。

そこまで必死にこらえていたのは、穂香が本当に愛おしかったからだ。

大切にしたいから、触れられない。彼女を傷つけたくないから、必死に気持ちを抑え込んできた。

そんな風に思うのは、生まれて初めてだった。

ずっと我慢し続けてきた分、昨夜、彼女から好意のこもった視線を向けられた時は、とても信じられなかった。

『……もしかして、誘ってるのか？』

俺の問いかけに頷いた穂香を見た時、自分に都合のいい夢を見ているんじゃないかと思った。

どうか現実であってくれと願いながら手を伸ばし、恐る恐る穂香に触れる。柔らかい感触に、胸が締めつけられた。

抱きしめて唇を塞ぐ。

俺のキスを必死で受け止めながら、『気持ちいい……』と呟いた彼女を見て、全身の血が逆流するかと思った。

『穂香、好きだよ』

そう囁くと、穂香の瞳が涙で潤んだ。

彼女の反応はぎこちなくて、すべてが初めてなんだと伝わってきた。

俺は今まで女性の過去にまったく興味はなかったし、相手が何人の男と付き合っていようが、自分には関係ないと思っていた。

それなのに、穂香に対してだけは違った。

自分が初めて彼女に触れている。まっさらな彼女を自分だけのものにできる。

恥じらいながら感じる表情も、うわずった甘い声も、初心なのに敏感でみだらな体も、知っているのは俺だけだ。そう思うと、愛おしさと征服欲に体が震えた。

ようやく穂香と想いが通じた。その感動で胸がいっぱいになる。

夢中で彼女をかき抱きながら、一生手放したくないと思った。

こんなに愛おしい存在を知ってしまったら、もう他のものでは満たされない。彼女なしでは生きていけない。

大袈裟ではなく、心からそう思った。

それなのに、朝が来て目が覚めると穂香は俺の前から消えていた。

夢中で抱いた穂香の体を思い出しながら、強い喪失感と絶望感に襲われる。

手紙に書かれた【誰でもいいから抱いてもらいたかっただけ】という言葉を見つめる。

愛おしいと思っていたのは自分だけで、彼女にとってはただの思い出作りだったんだろうか。本当に相手は俺ではなく、抱いてくれるなら誰でもよかったんだろうか。

そんな疑念が浮かび、違和感を覚える。

真面目で純粋な彼女がそんな選択をするなんて、なにか事情があるんじゃ……。

そう呟き、絶望感の代わりに固い決意が生まれた。

このまま彼女をあきらめるなんてできるわけがない。穂香が俺を好きじゃないとしても、どんな事情があったとしても、とことん口説いて振り向かせるだけだ。

すぐ空港に向かおうと立ち上がりかけ、冷静になれと自分に言い聞かせる。

穂香が何時に家を出たのかわからない。今から空港に行ったところで無駄足になるだろう。

それに、突然店をたたんで日本に帰るなんてなにか理由があるはずだ。追いかけて引き留めるだけじゃなんの解決にもならない。

そう思い、せりざわの店舗の貸主や穂香が住んでいたシェアハウスのオーナーに連絡を取り、なにか事情を知らないかたずねる。

日本にいる知人からも情報を集めるうちに、せりざわに倒産の噂が流れていると知った。そのせいで仕入れ先から取引を止められ、休業していると。

そして、穂香が青島という怪しい投資家と結婚するという話も。

眼鏡をかけた軽薄そうな男の顔を思い出し、怒りと嫉妬で目の前が真っ赤になった。

穂香があの男に好意を抱いているとは思えない。そう断言できるのは、もし穂香が好きな男と結婚するなら、たとえ思い出作りだったとしても俺に抱かれるはずがないから。

きっとあの男は借金を肩代わりする代わりに穂香に結婚を迫ったんだろう。穂香は店を守るために、好きでもない男と結婚しようとしているんだ。

昨夜、『お嫁さんになりたい』とささやかすぎる夢を語った穂香の表情を思い出し、奥歯を噛みしめる。

自分ひとりが犠牲になって、家族を助けようとするなんて、お人よしにもほどがある。

どうすべきか考えた俺は、まず日本にいる兄の翔真に電話をかけ、できるだけ早く帰国したいと伝えた。

《今まで本社に戻るのを渋っていたのに、急にどうした？》

翔真が疑問に思うのも無理はない。社長である父親から、日本に帰ってきて副社長を務める兄と共に吉永自動車の後継者としての仕事をしろと言われていた。

けれど、人間関係の軋轢が少ないアメリカの方が居心地がよくて、のらりくらりと話をかわし続けてきたから。

「好きな相手がいる。絶対に手放したくないから、日本に帰って結婚したい」

ごまかしても無駄だと思い、正直に事情を話す。

「急に日本に帰りたいと言うなんて、無責任だと思うかもしれないけど……」

俺が続けようとすると、翔真が《いや》と遮った。

《会社は組織だ。誰かひとりが抜けても滞りなく回るのが理想で、そのために悠希が北米支社でどれだけ努力してきたかはわかってる》

翔真の言葉には、俺への信頼とねぎらいが込められていた。

アメリカでは転職率が高く、社員の入れ替わりが激しい。日本から出向してくる社員も同様で、数年のスパンで入れ替わる。

俺が北米支社の責任者として取り組んできたのは、周りの企業や行政との強い関係の構築と、社員が入れ替わってもスムーズに仕事を回すための組織作りだった。

吉永自動車の御曹司という立場を最大限に使い人脈を広げ、自分の後を任せられる人材も育てている。

《それに、仕事はいくらでも代わりがいるが、好きな女性を幸せにできるのは自分ひとりだろ。そのために必死にあがくのは、男として当然だ》

涼しい口調でそう言う翔真に苦笑いする。

翔真は一見クールで冷静に見えて、実は子どもの頃から想い続けた幼なじみを自分のものにするため、様々な策をめぐらせ彼女の周りにいる男たちを牽制しまくり、政略結婚という強引な手段まで使った執着心の強い男だった。

《ただ、そっちでの引き継ぎはちゃんとしてから帰ってこいよ》
翔真から言われた言葉に頷き電話を切る。
その後、穂香が青島と見合いをするという情報を聞き、その日までに帰国できるように必死で仕事をこなし完璧な引き継ぎを終えた。

ようやく日本に帰ってきた俺は、その足で穂香が見合いをするホテルに向かう。

穂香の姿を見つけた時、彼女は弟の空くんに向かって、「悠希さんのことなんて、好きじゃないよ」と俺への恋愛感情を否定していた。

それを聞いて、額の血管がぴくりと動く。再会した途端こんな言葉を聞かされるはめになるなんて。

俺がどれだけ必死になって、日本に帰ってきたと思ってるんだ。

そんな不満を押し殺しながら、余裕たっぷりに微笑み穂香を見下ろした。

「……へぇ。俺のことなんて、好きじゃないんだ？」

そう問いかけると、穂香はこちらを見上げ目を丸くする。

振袖姿の彼女と目が合い、心臓がギュッと締めつけられた。

艶のある黒髪を綺麗に結い上げ、深紅の振袖を着た穂香はとてもあでやかで愛らしかった。

彼女の行動に振り回され憤っていたはずなのに。こうやって本人を目の前にすると、怒りよりも愛おしさの方が強くなり、悔しいくらい穂香が好きだと実感する。

そして、彼女が他の男と見合いするために着飾ったんだと思うと、激しい嫉妬心が湧いてきた。

彼女が俺以外の男と結婚するなんて、許せるわけがない。

見合いの場所にやってきた青島を見下ろし、「穂香は俺がもらっていく」と宣言する。

「下ろしてくださいっ。私は青島さんとのお見合いが……っ」

じたばたともがく穂香を肩に担ぎ上げ、彼女をホテルから連れ出した。

強引な彼の結婚宣言

お見合いの直前にホテルから連れ出された私は、悠希さんの車に乗せられていた。

助手席から恐る恐る彼の顔を盗み見る。ハンドルを握る悠希さんの端整な横顔からは、不機嫌なオーラが漂っていた。

ものすごく怒ってる……。

やっぱり挨拶もせず置き手紙だけで勝手に日本に帰ったからだろうか。あんなにお世話になったのに、直接お礼も言わないなんて失礼だったとは思うけど、彼がわざわざ日本にまでやってくるなんて予想外だった。

「あの。悠希さん、日本に帰ってくるなんて、お仕事はお休みなんですか？」

おずおずとたずねると、「休みで帰ってきたわけじゃない」と否定された。

「アメリカでの仕事は片付けて、これからは東京の本社で働くことになった」

「帰国したくないって言っていたのに？」

驚いて目を瞬かせると、「誰のせいだと思ってるんだ」と睨まれた。

「ええと……」

困惑する私に、悠希さんは「手紙に書いてあったことは本心か？」とたずねる。

悠希さんの部屋に置いてきた手紙には、お世話になったことへのお礼とたくさんの迷惑をかけた謝罪。そして、私を抱いてくれた彼が気を使わないように、精いっぱいの強がりを書いていた。

「ほ、本心です、けど」

「ふーん。じゃあ、穂香は男に抱かれたかっただけで、相手は俺じゃなくてもよかったんだ？」

「そ、そうです。二十六歳にもなって、恋愛経験がないまま結婚するのもつまらないからちょっと冒険したかっただけで、相手は誰でもよかったんです」

私の言葉を聞いて、彼の眉間がぴくりと動いた。さらに不機嫌になってしまったように見える。

「悠希さんも私を好きなわけじゃなく、同情と親切心で抱いてくれたんですよね？」

「俺が、同情で好きでもない女を抱く男に見えるのか」

「見えます」

だって、たくさんの女性と恋愛を楽しむ独身主義者だし。

私が即答すると、悠希さんは頭痛をこらえるように額に手を当てる。

「あの夜、穂香が好きだって言っただろ」

「あれはベッドの中でのリップサービスだってちゃんとわかってます。真に受けたりしないので、安心してください」

目の前の信号が赤になり車がいったん止まると、悠希さんはハンドルに顔を突っ伏し大きなため息をついた。

そして息を吐ききると、顔を上げこちらを睨む。

「頭にきた。絶対惚れさせる」

挑戦的な視線を向けられ、心臓が大きく跳ねた。

「な、なんですかその宣言」

「とりあえず両親に穂香を結婚相手として紹介したいから、俺の実家に行くぞ」

「私は青島さんと結婚するのに……」

「穂香はあの男が好きなわけじゃなく、店と家族を助けるために結婚するんだろ。それなら相手が俺でも問題ない」

「でも、青島さんが納得してくれるとは思えません」

お見合いをドタキャンされた青島さんは、かなり憤っていた。

残された父や空は大丈夫だっただろうか。私が不安になっていると、悠希さんが口を開いた。

「あの男については、ちゃんと手を打ってある。だから、穂香が心配する必要はない」

「でも……」

「俺よりあの男がいいのか？」

その問いかけに、胸が苦しくなった。

比べるまでもなく、悠希さんがいいに決まってる。だけど、これ以上悠希さんに迷惑をかけたくない。

「どうして私なんかにこんなに優しくしてくれるんですか？」

たずねると、「好きだからに決まってるだろ」と低い声で言われた。

「え……？」

信じられずに目を瞬かせる。

「強引に同居に持ち込んだのも、最後の夜に抱いたのも、見合いの場所から連れ去ったのも全部、穂香が好きだからに決まってる」

悠希さんが私を好き？

言われた言葉を反芻し、頭が真っ白になる。

五歳も年上で、大企業の御曹司で、カッコよくて、余裕があって、優しくて……。

そんな魅力的な彼が、私なんかを好きになってくれるなんて。

「う、嘘ですよね？」

咄嗟に出た問いかけに、悠希さんが不満そうに顔をしかめた。

「なんで嘘だと思うんだよ」

「だって、女性誌のサイトに悠希さんは『たくさんの女性と恋愛を楽しむ独身主義者』だって書いてありましたし」

「あんなの、大袈裟な文章にしてるだけだろ」

「でも悠希さんはずっと私を子ども扱いしてたじゃないですか。からかって動揺させてその反応をおもしろがって……」

「穂香を危険から遠ざけるって口実で同居に持ち込んだのに、俺が手を出すわけにはいかないから、必死に気持ちを隠してたんだよ」

「でも、でも……」

混乱していると、悠希さんがこちらを睨む。

「俺はそこまで信用ないか？」

信用がないというより、こんな夢みたいな状況が信じられなかった。

黙り込んだ私に、悠希さんは「まぁいい」と息を吐き出す。

「これからとことん口説くから、覚悟しておけ」

こちらに向けられた挑戦的な視線が色っぽすぎて、心臓が止まるかと思った。

悠希さんが車で向かったのは、美術館のようなモダンな邸宅だった。車から降りた私は息をのむ。

この豪邸が悠希さんのご実家らしい。都心にこんな広い敷地と大きな家があるなんて、さすが吉永自動車の創業一家。

生まれた環境の違いを思い知り、足が震える。

動揺しているうちに、悠希さんは私を連れて玄関に入った。

「ただいま」

悠希さんの声が広いエントランスに響く。出てきたご両親が、悠希さんとその隣にいる私を見て驚いた顔をした。

突然やってきた上に、私は振袖姿だ。不思議に思うのも無理はない。

「あら。急に帰ってきたと思ったら、お客様？」

「あ、あの。芹沢穂香と申します。突然お邪魔して申し訳ありません」

慌てながら頭を下げると、お母様が「はじめまして、穂香さん」と優しく微笑んでくれた。その隣でお父様も頷く。

「謝る必要はないですよ。どうせ悠希が強引に連れてきたんだろう？」

ご両親は悠希さんの突発的な行動に慣れているんだろう。

リビングに案内され、大きなソファに腰を下ろす。

「穂香さん、素敵な振袖を着てらっしゃるけど、なにか大切な用事があったんじゃ？」

お母様は連絡もなしにやってきた私を批難するどころか、逆に心配してくれた。

「それは……」

私が返答に困っていると、隣にいる悠希さんが平然と口を開いた。

「他の男と見合いしようとしていたから、奪ってきた」

「ゆ、悠希さん……！」

ご両親にそんなことを言うなんて。

動揺する私とは対照的に、お母様が「きゃあ！」と声を弾ませる。

「奪ってきたなんて素敵。映画みたいね！」

明るい髪色で華やかな顔立ちのお母様は、性格も悠希さん似なんだろう。無邪気な反応がかわいらしい。

「悠希はそれでいいかもしれないけど、勝手な行動をして穂香さんにご迷惑がかかるんじゃないのか？」

心配そうに眉を寄せたお父様は、黒髪に精悍な顔立ちでダンディなオーラが漂っている。

ふたりとも年を重ねるごとにさらに魅力的になっていくんだろうなと思わせる、素敵な美男美女夫婦だ。

そんなご両親にも負けずとも劣らない、端整な顔立ちの悠希さんが涼しい表情で頷く。

「俺が少し目を離したすきに、家族を助けるために好きでもない男と結婚しようとしていたんだ。逃げられないようにさっさと結婚したいんだけど、うちは問題ないだろ？」

悠希さんはそう言って、封筒を取り出した。中に入っていた書類を見て息をのむ。

「これ、婚姻届ですか……っ？」

「あぁ。帰国してすぐ区役所に行ってもらってきた。親父に証人の欄を書いてほしい」

用意周到すぎる彼に絶句していると、お父様は穏やかに頷いた。

「もちろん我が家は問題ない。悠希が選んだ相手なら歓迎するよ。ただ、穂香さんがこの結婚に同意しているならだけどね」

隣に座るお母様が、心配そうに私を見つめる。

「穂香さん、迷惑なら素直にそう言っていいのよ?」

「ええと、あの……」

動揺する私の隣で悠希さんが顔をしかめた。

「迷惑って、失礼だな」

「だって、悠希は強引で周りを振り回すところがあるじゃない」

「昔から傍若無人な態度を取って、よくみんなを困らせていたよな」

そんなやり取りをする悠希さんとご両親に、思わず「あのっ」と口を開いた。

「ゆ、悠希さんにはアメリカでとてもお世話になったんです。確かに最初は強引さに少し戸惑ったりもしたんですが、一緒にいるうちにその強引さも彼の優しさだって気付いたんです。悠希さんは誰よりも周りを気遣い幸せにしてくれる、とても素敵な人だと思います」

頬を熱くしながら言うと、ご両親が黙り込んだ。

その場に沈黙が流れ、変なことを言ってしまったかなと不安になる。

この沈黙をどうすればいいのか戸惑っていると、お母様が「もう……っ」と小さく震えながら声を漏らした。

「こんなに一生懸命に悠希への想いを伝えてくれるなんて、穂香さんいじらしくてかわいいわぁっ」

「え？」

きょとんとしていると、お父様が微笑みながら頷く。

「穂香さんは悠希のことを愛してくれているんだね」

「あ、愛って……！」

その言葉に頭に一気に血が上った。

「おや、違うのかい？」

動揺で涙目になった私をお父様がジッと見つめる。

「ええと、その……っ」

さすが悠希さんのお父様。お顔が整っているのはもちろん、人生を積み重ねた男の色気が溢れていた。悠希さんも何十年かしたら、お父様のような色気を身に付けるんだろう。そう思うと、胸を打つ鼓動が速くなる。

緊張のせいでなんと返すべきか思いつかず困っていると、「こーら」と悠希さんが私の目元を手で隠した。

「そんなかわいい顔、俺以外に見せるな」

ちょっと不機嫌な声でそう言い、私を胸の中に抱き込む。

「おや。いつも飄々としている悠希がそんな風に独占欲を見せるなんて初めてだな」

「それだけ穂香さんのことが好きなのね」

こちらを見て微笑むご両親と、私をがっちり抱き込む悠希さんに動揺していると、足元に気配を感じた。

なんだろうと視線を落とすと、茶色い縞模様の猫がいた。四本の足だけ、靴下を履いているように白い。

「あ、もしかしてタビちゃんですか?」

たずねた私に悠希さんが頷いて腕を緩めてくれる。

「あぁ。タビが来客中に出てくるなんてめずらしいな」

「普段は人見知りするんですね」

「元野良だし、もう十五歳の老猫だから」

彼の言葉を聞きながらタビちゃんを見下ろす。

ふわふわの毛皮も表情豊かな大きな瞳もとてもかわいく健康的で、十五歳には見えなかった。きっと大切に育てられているんだろう。

「タビちゃん、おいで」

小さな声で呼んでみると、タビちゃんは軽やかにジャンプして私の膝に乗った。手を出すと、挨拶するように鼻先をこすりつけてくれる。

「かわいい……っ」

悠希さんはツンデレと言っていたけれど、初対面の私にこうやって撫でさせてくれるなんてとても人懐っこい猫ちゃんだ。

タビちゃんのかわいさに思わず口元が緩む。私がメロメロになっていると、悠希さんが不満顔をした。

「ひさしぶりに帰国した俺は一切無視なのに、穂香に懐くのかよ」

そんな悠希さんを見て、お父様が「タビには心の優しい人がわかるんだろ」と笑う。

「そう言われると、俺が優しくないみたいなんだけど？」

悠希さんはお父様に文句を言ってからタビちゃんを睨んだ。

「タビ、穂香は俺のものだからな。そうやってかわいい顔をして甘えても無駄だぞ」

愛猫に向けた大人げない発言に驚いていると、お母様がくすくすと肩を揺らした。

「タビにまでやきもちを焼くなんて、悠希は心が狭すぎね」

そんなからかいの言葉に悠希さんは「それだけ穂香が好きなんだよ」と答えた。

悠希さんのストレートな愛情表現に、心臓が止まりそうになる。

「それにしても、悠希の結婚が決まってよかったわ」

ホッとした口調でそう言うお母様に私は首を傾げた。

「悠希がなかなか結婚する気配がないから、あちこちから縁談を持ちかけられて断るのも苦労していたのよ」

やっぱり、悠希さんにはたくさんの縁談が持ちかけられていたんだ。吉永自動車の御曹司に持ち込まれる縁談は、家柄も性格もいい素敵なご令嬢たちばかりだろう。

それなのに、本当に私なんかと結婚していいんだろうか。

不安になる私の隣で、悠希さんが口を開く。

「俺が結婚するって話、あちこちに広めておいて。相手はせりざわって日本料理店の長女だってことも」

「いいわよ。おめでたいお話だから、すぐにみんなに知らせるわ」

「結婚式や披露宴の予定も立てないとな」

「穂香さんのご家族にもご挨拶したいし、これから忙しくなるわね」

私が戸惑っている間にすごい勢いで外堀を埋められている気がして、ごくりと息をのんだ。

ご実家を出てから向かったのは、都心の真新しい高級マンション。

悠希さんが私との新婚生活のために用意してくれたらしく、家電やインテリアはもちろん、調理器具や食器、日用品まで揃えられていた。

しかも、私のための新品の服や靴まで揃っている。今まで何度も彼に服を買ってもらったから、サイズや好みも完璧だ。

クローゼットの中を見て驚く私に、悠希さんが説明してくれる。

「穂香が他の男と結婚しようとしてると知って、アメリカにいるうちにこの部屋を手配しておいた。見合いの場所から連れ去って、そのままここで暮らせるように」

「よ、用意周到にもほどがありませんか?」

絶句する私に悠希さんはにこりと笑う。

「必要なものは揃えたつもりだけど、足りないものがあったら言ってくれ」

「足りないどころか、十分すぎます」

服も靴もバッグも、本来私が持っているものより多いくらいだ。

彼に案内されて室内を見て回る。

リビングに書斎、それからキングサイズのベッドが置かれたメインベッドルームと、それより少し狭めのベッドルームがあった。

「ベッドルームはふたつあるんですね」

アメリカでは一緒に寝ていたのに。意外に思い呟くと、悠希さんがちょっと意地悪な表情で私を見た。

「俺と一緒に寝たかった?」

「そ、そういうわけでは……っ!」

「できるなら穂香と一緒に寝たいけど、理性を保つ自信がないから寝室は別にした」

「理性?」

「本当は穂香を抱きたくてたまらない。今すぐ押し倒したいくらい」

私を見つめる悠希さんの視線が色っぽくて、背筋が甘く震えた。

ベッドの中で私を組み敷く悠希さんの表情や、乱れた息遣い、汗ばんだ肌の感触を思い出し、体の奥がうずく。

動揺で言葉が出なくなった私を見て、悠希さんが空気を変えるように私の頭を撫でた。

「だけど、穂香が俺を信用してくれるまで待つよ」

私に無理強いしたくないという彼の気遣いが伝わってきて、胸がきゅんと跳ねた。

翌日。仕事に行く悠希さんを見送った後、私は父に事情を説明するためひとりで実家に向かった。

お見合いの直前にドタキャンしてしまったから、青島さんはかなり怒ったはずだ。残された父と空は事情を説明したり謝罪したり大変だっただろう。

ちゃんと謝らなきゃ。そう思っていたけれど、父は私の顔を見た途端「穂香、聞いてくれ！」と興奮気味に話し出した。

「仕入れ先から連絡があって、ぜひ取引を再開してほしいって言ってくれたんだ。明日からまた店を営業できる」

「え？　現金で支払わなければもう取引しないって言っていたのに？」

「それだけじゃなく、あちこちの銀行から融資を受けないかと連絡があった。これでもううちの店がつぶれる心配はなくなった」

「どうして急にそんな……」

私が驚いていると、空があきれたように言う。

「姉ちゃんと悠希さんが結婚するって話が広まったからに決まってるじゃん」

「それだけで、こんなにも周りの態度が変わっちゃうの？」

「だって相手は世界一の販売台数を誇る吉永自動車の御曹司だよ」

当然のように言われ、吉永自動車の影響力の大きさを思い知る。

悠希さんのもとに、断るのを苦労するほどの縁談が持ち込まれていたというのも納得だ。

「それから、今朝早くに連絡がきて、吉永さんの紹介で大手のコンサルタントがうちの店にアドバイスをしてくれることになったんだ」

その会社の名前を聞くと、世界的に有名なコンサルティング会社だった。経験豊富なコンサルタントからアドバイスをもらえるなんて心強い。

「じゃあ、明日から私もお店手伝うね」

「いや。穂香は今までずっと頑張ってくれたんだから、少しのんびりしていいよ。アメリカから平川くんも戻ってきてくれたし、父さんたちだけで大丈夫」

「でも……」

「それに、青島さんが店に来るかもしれないしね。しばらく顔を合わせない方がいい」

その言葉にハッとして父にたずねる。

「あの、青島さんはどうだった？　お見合いをドタキャンされてかなり怒ってたよね」

彼は厚意で援助と結婚を申し出てくれたのに、恩を仇で返すような真似をされて、怒らないわけがない。

「それがね、あの後すぐに弁護士さんが来てくれたんだ」

「弁護士さん？」

「あぁ。吉永さんが青島さんと穂香との結婚の話を円満に解消するために依頼してくれてたんだって」

私が驚いていると、空が愉快そうに笑った。

「ビシッとスーツを着た見るからにやり手の弁護士がやってきて、それまで偉そうだった青島さんがかなり焦ってたよ」

「吉永さんの方から、迷惑料を払うってことで話がまとまったんだ」

「そんな、私と結婚するために、悠希さんがお金を払うなんて。どうしてそこまで……」

「どうしてって、悠希さんが姉ちゃんを好きで好きで仕方ないからに決まってるじゃん。アメリカから見合いを阻止しに来た悠希さんの必死さ見た？」

空の言葉に父も頷く。

「穂香のためにあれだけの地位と責任のある吉永さんが、たった一週間でアメリカから日本に帰ってくる準備を整えて、わが家の状況を調べて今後の対策を考えてくれて、穂香と暮らす家の手配までしてくれたんだ。どれだけ愛されているかわかるだろう」

ふたりからそう言われ、頬が熱くなった。

確かにアメリカから日本に帰ってくるだけでも、大変だったに違いない。それなのに、いろんな準備を整えコンサルタントや弁護士まで手配し、万全の状況で迎えに来てくれた。

多忙な彼が私のために……。そう思うと胸が熱くなる。

戸惑う私に向かって、父が優しく笑った。

「穂香。愛されたいなら、自分からもちゃんと愛情表現をしないとダメだよ。相手が素敵な人で不安になるのもわかるけど、臆病になりすぎて時間を無駄にするなんてもったいない。人生なにがあるかわからないんだから、後悔のない選択をしなさい」

穏やかに語る父は、若くして他界した母を思い出しているんだろう。

確かに、明日も明後日もずっと元気で生きていられる保証はない。後悔のない選択を……。その言葉が胸に響いた。


悠希さんのマンションに帰り、仕事を終えた彼を出迎える。

「おかえりなさい、悠希さん」

緊張しながらそう言うと、悠希さんの整った顔がほころんだ。愛おしそうに私を見つめる。

「ただいま、穂香」

「ご飯を作ったんですけど、食べられます？」

「あぁ。すぐ食べたい」

彼と並んで廊下を歩きながら話をする。

「今日、父と弟に会ってきました」

「婚姻届の証人の欄は書いてもらえた？」

そうたずねられ、頷く。今日実家に帰ったのは諸々の事情を説明するためと、婚姻届の証人の欄に署名をもらうためだった。

悠希さんがいつでも婚姻届を出せるようにしておきたいというので、父に証人になってもらったのだ。

「父が証人に選んでもらえるなんてうれしいってよろこんでいました」

「正式な挨拶や顔合わせがまだなのに婚姻届に署名をしてもらうなんて、非常識だって断られるかもしれないと思ってたけど、そう言ってもらえてよかった」

「でも、どうして先に婚姻届を準備しておきたいんですか？」

「穂香に逃げられないようにするために決まってるだろ。アメリカでなにも言わず姿を消したこと、根に持ってるからな」

悠希さんが形のいい眉を寄せて私を見下ろす。その迫力に身を縮めながら頭を下げた。

「挨拶もせず勝手に帰国するなんて、すごく失礼でしたよね。反省してます」

「本当に反省してるなら、もう二度と俺の前からいなくなったりしないでくれ」

冗談ではなく切実さがこもった声だった。真剣な表情で見つめられ、心臓が大きく跳ねる。

深呼吸をしてから、動揺を悟られないように話題を変える。

「そういえば、悠希さんとの結婚の話が広まって、仕入れ先が取引を再開してくれたそうです。おかげで明日からまた営業できるって」

「よかった」

「それから、コンサルを紹介していただいたことも父がすごく感謝していました。悠希さん、うちのお店のために、いろいろ考えてくれたんですね」

「俺が店の借金を肩代わりしてもよかったけど、それじゃあ穂香に気を使わせるだろうし、根本的な解決にはならないだろ。せりざわの評判を調べても、味の評価は高かった。ちゃんとしたコンサルが入って経営が改善すれば、安定した利益を出せるようになる」

目先の問題を解決するだけじゃなく、私の気持ちを考えながら、この先もずっとお店を続けていける方法を模索してくれたんだ。

彼が私を大切に想ってくれているのが伝わってきて、胸が温かくなる。

「それに、青島さんの件もありがとうございました。私と結婚するために、お金を払ってくれたなんて……。本当に申し訳ないです」

「他にも手はあったけど、彼は穂香のお母さんのいとこなんだろ。親族間であまり大事にしたくなかったから、金で解決する方法を選んだだけだ。穂香を自分のものにするためなら、安すぎるくらいだよ。ただ、今後穂香に接触してくるようなことがあれば、すぐに俺に言ってくれ」

相変わらず過保護な彼に「わかりました」と頷く。

「悠希さん、本当にありがとうございます。こんなにいろいろしてもらって、どうやってお礼をすればいいのかわかりません」

私が感謝を伝えると、悠希さんがちょっと意地悪にこちらを見る。

「じゃあ、見返りにひとつわがままを聞いてもらおうかな」

「なにをすればいいんですか？」

「穂香から、キスしてほしい」

「え……っ！」

私が言葉に詰まると、悠希さんは表情を緩めた。

「なんて冗談。穂香の気持ちが俺に向いてないのに、無理強いしたりしないよ」

そう言って優しく笑った。

「食事の前に着替えてくる」

背を向けた悠希さんの腕を、思わず掴む。

「どうした？」

不思議そうに振り返られ、心臓が大きく音を立てた。それでも父から言われた言葉を思い出し、勇気を振り絞る。

悠希さんが大好きだから、ちゃんと気持ちを伝えたい。

精いっぱい背伸びをして、触れるだけのキスをする。緊張で震えながらのぎこちないキスだった。

唇が離れると、悠希さんが驚いた表情でこちらを見る。

「穂香？」

「私、悠希さんが好きです」

私の言葉を聞いて、悠希さんが目を見開いた。

「本当に？」

「ほ、本当です。ずっとずっと好きでした」

頷くと、悠希さんが私を抱き寄せた。そのまま壁に体を押しつけられ、唇を塞がれる。

体重をかけるような容赦のないキスをされ、「んん……っ！」と声が漏れた。

「ゆ、うきさん……っ」

唇が離れ、呼吸を乱しながら彼を見上げる。

「悪い。うれしくて、夢を見てるみたいだ」

熱を帯びた視線に、体の奥がきゅんとうずいた。

「ゆ、夢じゃないですよ。悠希さんは魅力的な人だから、私なんかじゃ釣り合いが取れないんじゃないかって、不安でなかなか素直になれなかったんですけど、本当は初めて会った時からずっと好きでした」

「そんなに前から？」

驚く彼に頷くと、眉を寄せこちらを見据える。

「最初から両想いだったんなら、我慢せず襲えばよかった」

「アメリカで同居してる間、穂香を抱きたいって欲望を必死に抑えてたんだからな。ベッドの中で無防備にすり寄られるたびに、理性が崩壊しそうになってた」

「襲うって……！」

「悠希さんはずっと余裕な顔をしてて、そんな素振りまったくなかったのに」

「余裕なんてあるわけないだろ。穂香が好きでたまらなくて、ずっと俺のものにしたいと思ってた」

まっすぐな愛情表現がうれしくて涙をこらえていると、悠希さんがなにかを取り出した。

「そうだ。これを渡しておく」

差し出されたのは高級感のある革張りの小さな箱だった。

目を瞬かせる私の前で、箱が開かれる。中には豪華なダイヤがついた指輪が入っていた。

美しいエンゲージリングに目を見開く。

「わざわざ用意してくれたんですか……？」

「夫婦になるんだから、必要だろ」

大きなダイヤがついた指輪は、きっとものすごく高価だろう。悠希さんには甘えてばかりなのに、こんな素敵な指輪まで用意してくれるなんて……。

悠希さんが私の左手を取り、薬指に美しいリングをはめてくれる。その様子をジッと見つめていると、「穂香」と名前を呼ばれた。

「好きだ。結婚しよう」

真剣な口調で言われ、涙が込み上げてきた。慌ててうつむき、隠そうとすると、悠希さんが潤んだ私の目元を拭ってくれた。

その指先の優しさに、愛しくて胸が苦しくなる。

「悠希さん、大好きです。私をお嫁さんにしてください」

涙声でそう言うと、悠希さんが私を抱き上げた。

思わず「きゃ」と声が漏れる。悠希さんは驚く私を抱き上げたまま歩き出した。

「あ、あの、悠希さん……」

ベッドルームに向かっていると気付き、動揺しながら彼の名前を呼ぶ。

「今すぐ穂香を抱きたい。ダメか?」

悠希さんが腕の中の私を見つめ、甘い低音でたずねる。その色気に心臓が止まるかと思った。

「だ、ダメじゃないですけど、食事とかシャワーとか……っ」

「それは後でいい」

「でも、心の準備がっ」

「悪い、待てない」

少し掠れた余裕のない声で囁かれ、体の奥がとろけるように熱くなる。

そのまま私はベッドルームに連れ込まれ、とことん彼に抱かれてしまった。

幸せなふたりの日々

想いが通じ合ってから二週間。悠希さんはそれまで以上にストレートに愛情表現をしてくれるようになった。

日本に帰国した彼はとても多忙で、休日も仕事をしたり帰るのが遅かったりするけれど、私が玄関で出迎えるといつも幸せそうに笑ってくれる。

毎晩のように求められ、彼の腕の中で目を覚ます。ベッドの中で目が合うと『好きだよ』『今日も愛してる』ととろけるくらい甘い言葉を囁かれる。

毎日、彼の愛を感じながら過ごしていた。

お店の手伝いも今は休ませてもらっている。

父にゆっくりしていいと言われたこともあるけれど、悠希さんから『もし青島が店に来て変な気を起こされると困るから、しばらくは家にいてほしい』とお願いされたから。

心配性の彼は、『あの男が近付いてきたらすぐに知らせろよ』と口をすっぱくして言う。

青島さんとは弁護士さんを通してちゃんと話がついているのに、相変わらずな過保護さに苦笑してしまう。

婚姻届はお互いの家族との顔合わせを終えてから提出しようと話し合い、今は彼の婚約者という状態だ。

吉永自動車の要職を務める悠希さんのご家族はもちろん、店の営業を再開したばかりの我が家もいろいろ忙しく、まだ顔合わせの予定は立てられずにいた。

そんな日々が続く中、私は都内の高級ホテルにいた。

白壁が印象的な西洋風のバンケットルーム。高い天井にはシャンデリアが輝き、あちこちに美しい花が飾られた豪華な空間。

今日はここで様々な業界の経営者や実業家、国会議員や各国の大使なども集まるパーティーが開かれていた。

悠希さんは吉永自動車の専務として招待され、婚約者の私も一緒に参加したのだ。

きらびやかな空間に気後れしていると、隣にいる悠希さんがくすりと笑った。

「緊張してる？」

その問いかけに「してるに決まってるじゃないですか」と涙声で答える。

セレブや権力者ばかりが集まっているこのパーティーに、一般庶民の私が参加するなんて、緊張しないわけがない。

「か、帰ってもいいですか……」

小声で言うと、悠希さんは「また俺をひとりにしていなくなるつもりか？」と意地悪に笑う。

「だって、さっきから視線を感じて落ち着かないです」

男性はフォーマルなスーツを纏い、女性は華やかにドレスアップしている。悠希さんも艶のあるダークスーツを着ていた。

長身でたくましい彼のフォーマルな装いは、見ているだけでドキドキしてしまうくらい色っぽい。

そんな悠希さんの隣にいる私に、参加者たちの視線が集まっている気がしてならない。私が場違いだから目立っているんだろう。

弱音を漏らすと、悠希さんが私を見つめた。

「視線が集まるのは、穂香が魅力的だからだろ」

「え……？」

「穂香はこの会場にいる誰より綺麗だよ」

「そうやって、からかわないでください」

「からかってない、本心だよ。ドレスがすごく似合ってる」

満足そうに見つめられ、心臓がドキドキと騒ぎ出す。

今日私が着ているのは、悠希さんが選んでくれた上品で大人っぽいドレスだ。光沢のあるシャンパンゴールドの生地と、ホルターネックのデザインで肩のラインが美しく見える。

「白い肌にそのドレスの色がよく映えてる。アップにした黒髪が綺麗だし、細いうなじにも華奢な背中にも、俺のものだってしるしをつけておきたいくらい色っぽい」

そう言ってから悠希さんは私の耳元に顔を寄せた。

「――帰ったら体中にキスマークをつけてもいい？」

欲望がにじんだ声で囁かれ、頬が熱くなる。

「な、なに言ってるんですか……っ」

「穂香は俺がこんなに夢中になるくらい魅力的なんだから、緊張する必要なんてないだろ？」

冗談っぽく言われ、肩の力が抜けた。いつもの軽口で私をリラックスさせてくれたんだろう。

悠希さんの気遣いを感じ「はい」と頷く。

パーティーには政財界の様々な関係者が参加していた。悠希さんが結婚するという噂はすでに広まっていて、たくさんの人から祝福の言葉をもらった。

「悠希くんもついに結婚するんだってね」

そう言って近付いてきたのは、テレビでもよく見かける国会議員の男性だった。

「初めまして。芹沢穂香と申します」

「自由気ままな独身主義者の悠希くんを射止めたのは、どんな女性なのか気になってたんだ。いったいどこのご令嬢なんだい？」

男性にたずねられ、肩が強張った。私はご令嬢なんかではなく、ただの一般庶民だ。やっぱり私は御曹司の彼に相応しくないんじゃ……。

そう思い言葉に詰まると、悠希さんが手を伸ばし私を抱き寄せた。

「独身主義者だったわけではなく、彼女と出会っていなかったから結婚していなかっただけですよ。穂香は僕にとって唯一無二の女性です」

にっこりと微笑みながら歯の浮くようなセリフを言う悠希さんに、頬が熱くなる。

動揺していると、男性が声をあげて笑った。

「羨ましくなるほどラブラブだね。でも悠希くんが惚れるのも納得なくらいかわいらしい女性だ」

国会議員の男性がその場を去っていく。会釈をして見送ると、「あいつ、穂香をいやらしい目で見てたな」と悠希さんが不満そうに呟いた。

「なに言ってるんですか。そんなわけ……」

「やっぱり俺のものだってわかるように、キスマークをつけていいか」

「ダメですよっ。恥ずかしくて人前に出られなくなっちゃいます！」

そんなやり取りをしていると、会場にいる人たちの視線が一カ所に集まるのを感じた。

不思議に思い、振り返る。会場の入り口から背の高いスーツ姿の男性と、彼にエスコートされた和装の女性が入ってくるのが見えた。

それを見た悠希さんが「あ」と声を漏らす。

彼も悠希さんに気付いたらしく、こちらに近付いてきた。

ただ歩いているだけなのに人を惹きつける存在感のある男性を見て、悠希さんのお兄さんだと気が付いた。隣にいる女性はきっと彼の奥様だろう。

ご両親には挨拶させてもらったけれど、お兄さんの翔真さんに会うのは初めてだった。

「翔真も来たのか」

悠希さんに声をかけられた翔真さんは私を見た。

涼しげな視線を向けられ、緊張で背筋が伸びる。華やかで甘い顔立ちの悠希さんに対し、翔真さんは凛とした美貌の持ち主で、タイプの違うイケメンふたりが揃うと迫力がすごい。

「彼女が穂香さん？」

翔真さんに問われた悠希さんが、「あぁ」と頷いて私の腰を抱いた。

「穂香、兄の翔真とその妻の彩菜《あやな》」

「初めまして、芹沢穂香と申します。ご挨拶が遅くなってすみません」

私が頭を下げると、彩菜さんが優しく笑ってくれた。

「お義父様とお義母様から聞いたわ。悠希がアメリカから穂香さんを追いかけてきて、強引に婚約に持ち込んだって。大変だったわね」

栗色の髪を結い上げ、淡い桃色の訪問着を着た彩菜さんはとても美しかった。顔立ちはもちろん、仕草や視線の動かし方にまで上品さと育ちのよさがにじみ出ていて思わず見とれてしまう。

吉永自動車の副社長を務める翔真さんに相応しい、品のある女性だ。

「その言い方じゃ、俺が嫌がる穂香を無理やり嫁にするみたいだろ」

不満そうに顔をしかめた悠希さんを見て、彩菜さんがくすくすと肩を揺らす。そして、そのやり取りを静かに見守る翔真さん。

三人の様子を見て、彩菜さんは幼なじみなんだっけと思い出す。

物心ついた時から、彩菜さんは翔真さんと悠希さんと一緒に育ってきたんだ。三人の絆を感じ、少し羨ましくなる。

翔真さんは悠希さんより三つ年上の三十四歳、彩菜さんは三十歳だと教えてくれた。

彩菜さんは悠希さんと他愛のない話をしながらも、時おり翔真さんと目を合わせ微笑み合う。その様子から、夫婦の仲のよさが伝わってきた。

彼らと別れてからも、たくさんの参加者にご挨拶をさせてもらった。経営者や政治家など、様々な業種の権力者たちと親しげに話す悠希さんを見て、さすがだなと感心してしまう。

緊張の連続で私が息を吐き出すと、悠希さんが「慣れないパーティーで気疲れしただろ」と声をかけてくれた。

「少し外に出て休憩するか？」

「い、いえ」

「頑張ってくれるのはありがたいけど、無理はしなくていい」

「じゃあ、お手洗いに行くついでに、ちょっと休憩してきていいですか？」

「俺も付き添うよ」

そう言う彼に、「ひとりで大丈夫です」と首を横に振る。会場には悠希さんと話をしたい参加者がたくさんいるのに、私に付き合わせるのは申し訳ない。

悠希さんは少し渋る表情を見せたけれど、「悠希くん」と男性に呼び止められた。

「ひさしぶり。北米支社から帰ってきたんだってね」

「おひさしぶりです」

挨拶をしながらも、悠希さんは気遣うように私を見る。そんな優しい彼に、ひとりで休んできますと目配せをした。

にぎやかな会場を離れ、ホッと息を吐き出す。

各業界の有力者が集まるパーティーでも、ひと際注目を集めていたのが悠希さんと翔真さんだった。

吉永自動車の未来を担う彼らが持つ影響力の大きさを改めて実感した。

悠希さんと結婚すれば、こういう社交の場に付き添うことも増えるだろう。私に悠希さんの妻が務まるんだろうかと不安になる。

翔真さんの奥様の彩菜さんは、私とは違い、こういう華やかな場所に慣れているように見えた。悠希さんたちとは幼なじみと言っていたから、彩菜さん自身も家柄がいいお嬢様なんだろう。

私ひとり場違いで、疎外感を覚えてしまう。

ホテルの廊下を歩きながらふぅっと息を吐き出した時、背後から強い視線を感じた。

不思議に思い振り返ると、男性が踵を返して立ち去るのが見えた。

その姿を見て「あれ？」と呟く。

明るい色の短髪が、青島さんに似ていたから。

彼がこのパーティーに来ているとは思えないし、きっと見間違いだろう。でも、一応悠希さんに伝えた方がいいだろうか。

そう思いながら会場に戻ると、悠希さんと翔真さん、そして彩菜さんが三人で話をしていた。

リラックスした様子で言葉を交わし、笑い合う。

子どもの頃から長い時間を共に過ごしてきたからだろう。彼らの間に漂う穏やかで親密な雰囲気に、立ち入ってはいけないような気がして足が止まる。

その場から動けずにいると、悠希さんが私に気付いた。

「穂香」と名前を呼び、こちらに近付いてくる。

そんな彼になんとか笑みを浮かべながらも、胸が少しだけざわついていた。

パーティーに参加した翌週。私はいつものように仕事から帰ってきた悠希さんを出迎える。

「ただいま」

「おかえりなさい、悠希さん。お食事もお風呂も準備できてますよ」

そう言うと、彼は「じゃあ。穂香にする」と私を抱きしめキスをする。

「あの……っ、ちょっと……んんっ！」

容赦なく濃厚なキスをされ、甘い声が漏れた。私が戸惑っているうちに、大きな手が服の中に忍び込み、そのまま胸のふくらみに触れる。

「きゃ……、悠希さんっ？」

指先で胸をもてあそばれ、足に力が入らなくなる。

「ダメっ……、あ……っん」

必死に肩にしがみつく私を見て、彼はくすりと笑った。

「ダメって言いながら感じちゃう穂香、ほんとかわいいよな」

「もう、悠希さん、からかわないでください……っ」

「からかってないよ。穂香がかわいすぎて、顔を見るたびに抱きたくなる。な、いいだろ?」

色っぽい表情で見つめられ、体の奥が熱くなる。私も彼に抱かれたいけど……。

「頑張って作ったお料理が冷めちゃうから、ダメです」

胸を押しやると、悠希さんはお預けをされた大型犬のようにしょんぼりした顔をする。

「一回だけでもダメ?」

そんな整った顔で甘えた表情をするのはずるい。思わずときめいて絆《ほだ》されそうになってしまう。けれど必死に理性を奮い立たせた。

「ゆ、悠希さんは絶対一回じゃ満足してくれないじゃないですか」

「俺は一回のつもりなのに、穂香がかわいい顔をして煽るから止められなくなるんだろ?」

「煽ってませんっ」

「じゃあ、すぐに食事をして穂香と一緒に風呂に入る。で、そのままベッドに直行で我慢する」

「い、一緒にお風呂ですか?」

「嫌？」

「嫌ではないですけど……」

彼とは何度か一緒にお風呂に入っているけど、明るいバスルームの大きな鏡の前で、体を洗うと言いながらあちこち触られるのはどうしても慣れなかった。感じている自分の姿を見せられるのは恥ずかしいし、声が反響していつも以上にみだらな気分になってしまうから。

「あの、お風呂でいたずらするのはやめてくださいね」

頬を熱くしながらお願いすると、悠希さんは「またそうやってかわいい顔をして俺を煽る」と笑いながら私の頬にキスをした。

悠希さんは私を抱いた後、腕枕をして髪を撫でてくれる。彼の温もりの心地よさと抱かれた疲労感でとろんとしていると、「最近は変わったことはないか？　変な奴につけられたりしてない？」とたずねられた。

「とくになにもないですよ」

「よかった。なにかあったらすぐに言えよ」

「アメリカならまだしもここは日本なんですから、心配する必要ないですよ」

相変わらず過保護な彼にくすくす笑う。

「一度穂香を失いそうになったことがあるから、不安なんだよ」

いつも自信たっぷりで魅力的な彼が、不安になるなんて……。

「ごめんなさい」と謝ると、優しく頭を撫でてくれた。

「そういえば両家の顔合わせの件、来週末でこっちのスケジュールは調整できそう」

「本当ですか？」

悠希さんの言葉に体を起こす。

「じゃあ、平川さんに連絡して顔合わせの時の料理の打ち合わせをお願いしますね」

「ちゃんと挨拶を済ませたら、ようやく本当の夫婦になれるな」

「うれしいです」

「俺も、穂香を妻にできてうれしいよ」

愛おしそうに見つめられ、幸せが込み上げる。

「結婚指輪も選びたいし、挙式や披露宴のことも考えないといけないし、忙しくなるな」

結婚式は身内だけを招き小さなチャペルで挙げるつもりだけど、披露宴は吉永自動車の関係者や各業界の重役、国会議員なども招いた大規模なものになる。

三百人以上の参加者を予定していて、会場選びや招待客のリストアップ、席順に料理に……決めなければならないことはたくさんある。

「悠希さんが多忙な分、私が頑張るので、任せてください」

吉永自動車の専務の妻になるんだから、そのくらいはやらないと。そう意気込むと、後頭部を引き寄せられ、こつんと額をぶつけられた。

悠希さんが額を合わせ、至近距離で私を見つめる。

「俺たちの結婚なんだから、ちゃんとふたりで決めよう」

「でも、悠希さんはお仕事が忙しいのに……」

「忙しいからこそ、穂香との結婚を楽しみに頑張るんだろ。結婚式や披露宴で、この美しい花嫁が俺の妻なんだぞって参加者たちに自慢するのを今から楽しみにしてるんだから」

「タキシード姿の悠希さんの隣にいたら、花嫁の私を見る人なんていなそうですけど」

華やかな顔立ちで完璧なスタイルの悠希さんがタキシードを着たら、とんでもなくカッコいいに違いない。

みんなの視線は彼に釘づけになると思う。

「そんなわけないだろ。穂香のウエディングドレス姿は世界一かわいいし綺麗だし色っぽい」

悠希さんはそう断言して私の頬にキスをする。

「でもドレスを着た穂香を見たら、抱きたくてたまらなくなるだろうな。挙式が終わるまで理性を保っていられるか自信がない。誓いのキスをした勢いで押し倒しそう」

「なに言ってるんですか。そんなの絶対ダメですよ！」

「じゃあ、結婚式が終わったら、ドレスのままの穂香を抱いてもいいか？」

「ドレスのままって。ウエディングドレスは純潔や無垢を象徴する神聖なものなのに……っ」

「だからこそウエディングドレスを着た穂香を抱きたいんだよ。真っ白で綺麗な穂香を俺だけのものにしたい。ダメ？」

甘い低音でねだられ、体の奥が熱くなった。そんな風に色気全開でおねだりされたら、断れるわけがない。

「……ダメ、じゃないです」

私が小さな声で言うと、悠希さんが笑顔になった。

「やった。結婚式が余計楽しみになった」

うれしそうに言う彼に、「もうっ」とあきれながらも笑みが漏れる。

悠希さんとの生活は、夢のように幸せだった。

数日後、私と悠希さんはせりざわにやってきた。

来週末、せりざわで悠希さんのご家族との顔合わせを予定していて、その料理の打ち合わせのためだ。

料理人の平川さんと顔を合わせた悠希さんが「おひさしぶりです」と挨拶をする。

「お店、順調そうですね」

開店前の店内を見回した悠希さんに、平川さんが「おかげさまで」と頭を下げた。

アメリカから帰ってきた平川さんは現在本店で腕を振るい、たくさんのお客様を満足させる美味しい料理を作ってくれている。

ちなみに父は今日、仕入れ先の人と一緒に市場に行っていて不在だった。

「吉永さんの紹介してくれたコンサルタントのおかげで、経営の改善はもちろん、かなり働きやすくなりました」

平川さんの言葉に、コンサルタントが入るだけで働きやすさまで変わるんだと驚く。

「食材の管理などをシステム化してもらったおかげで、料理に集中できているんです。無駄な仕入れがなくなった分、より上質な食材を使い、新たな料理も提供できるようになりました」

話を聞いた悠希さんが「お役に立ててよかったです」と微笑む。

「来週末の顔合わせでもとっておきのコースをご用意しますから、楽しみにしていてください」

「ありがとうございます」

私がお礼を言うと、平川さんがこちらを見て小さく笑った。

「それにしても、無事吉永さんと結婚することになってよかった。穂香ちゃんがアメリカの店をたたんで青島さんと結婚すると言い出した時は、どうなることかと心配したから」

「い、いろいろご迷惑をおかけしてすみません……」

深く頭を下げると、「穂香ちゃんが幸せならいいけどね」と言ってくれた。

「ありがとうございます。平川さんもですけど、私は本当に人に恵まれてるなって思います」

頼りない私がこうやって幸せでいられるのは、周囲の優しさのおかげだ。私がそう言うと、平川さんが穏やかに微笑む。

「周囲の人が優しいのは、それだけ穂香ちゃんが人のために尽くしているからだよ。

俺は穂香ちゃんが学生の頃から、家族のために店のために頑張っているのを見ていたから」

「平川さん……」

普段素っ気ない彼の優しい言葉に感動していると、大きな手が私の目元を隠した。

「俺の目の前で、ふたりの世界に入るなよ。嫉妬したくなるだろ」

悠希さんに不機嫌な口調で言われ、「ふたりの世界になんて入ってませんっ」と首を横に振った。

「平川さんは愛妻家だし、私が中学生の頃からせりざわで働いてくれているんですよ。十歳も年が違うし兄妹みたいなものですから、嫉妬する必要なんてないです」

「妹のように思っていても、急に女性として見る可能性だってある」

そんなやり取りをしていると、平川さんが肩を揺らして笑い声を漏らした。

「平川さん、どうしたんですか？」

彼が声を出して笑うなんてめずらしい。

「ごめんごめん。吉永さんが初めて店に来た時のことを思い出しちゃって」

「悠希さんが？」

「最初吉永さんは、年下の穂香ちゃんを余裕たっぷりにからかっておもしろがっていたのに、次に店に来た時にはすっかり穂香ちゃんに惚れていて、彼女のために必死になるし俺のことまで牽制するし、モテモテの御曹司が振り回される様子が見ていておもしろかったなぁと」

「なに言ってるんですか。そんなことないですよね、悠希さん」

平川さんの冗談に苦笑しながら隣を見ると、悠希さんは口元を手で押さえ黙り込んでいた。その横顔が、真っ赤になっていて驚く。

「え、悠希さん？」

悠希さんは口元を隠したまま平川さんを睨む。

「平川さんって、結構性格悪いですよね」

「ええ。自分でもそう思います」

そんな会話をしつつ打ち合わせを終えて店を出ると、悠希さんのスマホが震えた。

「悪い。アメリカの取引企業のトップが日本に来てるらしくて、急遽顔を出すことになった」

「わかりました。私のことは気にせず行ってきてください」

「家まで送れないから、タクシーをつかまえて……」

「電車で帰るから大丈夫ですよ」

「でも、なにかあったら困るだろ」

「なにもないから心配ありません」

過保護な悠希さんにきっぱりと言うと、彼はため息をついて私を見下ろした。

「知らない男に声をかけられてもついていったりするなよ」

「私を何歳だと思ってるんですか。子どもじゃないから大丈夫ですよ」

「子どもじゃないから心配してるんだろ」

悠希さんはそう言うと、私を抱き寄せ額にキスをした。

「遅くはならないと思うから、家でお利口に待ってろよ」

愛おしそうに私を見つめながら頭を撫でる。行きかう人たちが、その様子を見て
「わぁ……っ」とざわつく。

周囲の注目が集まっているのに気付き、頬が熱くなった。

「ひ、人前でなにをしてるんですか……！」

「本当は唇にしたかったのに、額で我慢したんだ。褒めてくれ」

「もう……っ！」

いたずらっぽく言われ、肩から力が抜ける。本当に、悠希さんはカッコよくてずるい。

「じゃあ、気を付けて帰れよ」

「はい。悠希さんもお仕事頑張ってください」

手を振って彼と別れる。

悠希さんのために美味しい料理を作って待っていてあげよう。そう思いながらひとりで歩いていると、背後から靴音がして、ふいに腕を掴まれた。

その瞬間、ぞくっと全身に鳥肌が立つ。

驚いて振り返ると、そこには眼鏡をかけた明るい短髪の男性——青島さんがいた。

どうして彼がここに……と驚いて目を見開く。

「穂香ちゃん、ひさしぶり」

「あ、青島さん……」

「ひどいじゃないか。俺を裏切ってあんな男と結婚するなんて」

青島さんはにっこりと笑いながら言う。表情は穏やかなのに視線は冷たくて、そのギャップに恐怖を感じた。

「す、すみません。青島さんには本当に失礼なことをしてしまって……」

「まぁいいよ。それより少し話そうか」

「でも、あの」

ふたりきりで彼と話すのは、悠希さんが心配するだろう。断ろうとすると、私の腕を掴む青島さんの手に力が込められた。

「話せるよね？　これは穂香ちゃんが知っておくべき話だから」

「知っておくべき話？」

「穂香ちゃんは、あの男に騙されているんだよ」

その言葉に、私は息をのんで青島さんを見つめた。


青島さんは落ち着いて話をしたいからと私を自宅に誘ったけれど、さすがにそれはまずいと思い賑やかなカフェに入った。

ここなら人目があるから、なにかあっても大丈夫だろう。

飲み物を注文し、青島さんと向かい合って座る。

「あの、悠希さんが私を騙してるって、どういうことですか？」

戸惑いながらたずねると、青島さんは憐れむような表情でこちらを見た。

「あの男は自分の不貞行為を隠すために、純粋で世間知らずな穂香ちゃんを利用してるんだよ」

「不貞行為？」

「あいつは不倫してる。兄である吉永翔真の妻と」

上品でかわいらしい彩菜さんの顔が頭に浮かび、すぐに「ありえません！」と言い返す。

「吉永自動車の御曹司が、うしろ盾もないどころか今にもつぶれそうな日本料理店の娘を妻にするなんて、おかしいと思わないか？」

確かに自分でも不釣り合いだと思う。吉永自動車の専務ならそれに見合った家柄と教養を持つ女性を妻にした方が自然だ。だけど……。

「あいつはせりざわの経営状態を知って、穂香ちゃんが自分の不貞行為を隠すのにちょうどいい結婚相手だと思ったんだよ」

「でも、悠希さんは私を愛してくれています」

彼の愛を信じたくてそう言うと、青島さんはため息をついた。

「あの男はたくさんの女と遊んできたんだ。愛してるふりをして純情な穂香ちゃんを騙すなんて簡単だろ」

「それは……」

「穂香ちゃんを傷つけることになるから、できればこれは聞かせたくなかったんだけど」

青島さんはポケットからなにかを取り出した。

「ボイスレコーダー？」

「あぁ。この前、パーティーに参加してただろ？　あの時の会話を録音したんだ」

パーティーの廊下で青島さんらしき人物を見たことを思い出す。やっぱりあれは彼だったんだ。

「でも、青島さんがどうしてあの場所に」

「吉永悠希が怪しいと思って、君のために彼の身辺を調べていたんだよ。パーティーは知り合いに頼んで忍び込んだ。そんなことよりも、聞いてみて」

彼がボイスレコーダーのボタンに触れる。すると、パーティーの喧騒と一緒に、男性と女性の会話が聞こえてきた。

《アメリカにいる時、何度も電話してごめんね》

《日本は昼間でもあっちは真夜中なんだから、少し時差を考えて電話してくれよ》

翔真さんと彩菜さんの声だった。そして会話の内容を聞いて、心臓が大きく跳ねた。

悠希さんとアメリカで暮らしている時、真夜中に電話がかかってくることがあった。彼は私を起こさないようにそっと寝室を出ていたけれど、あれは彩菜さんからの電話だったんだ。

《だって、翔真さんがいない時に悠希と話をしたかったから》
《俺と電話をしてたって翔真に知られたら、嫉妬されて面倒だもんな》
悠希さんがくすくす笑う。その声色から、ふたりの親密さが伝わってきた。
《今度、翔真がいない時に家に行くよ。いいだろ？》
《うん。楽しみにしてる》
青島さんがボタンを押し、ボイスレコーダーが止まった。
「このボイスレコーダーのデータが証拠だよ。ふたりは夫に内緒で連絡を取り合い、家に行く約束までしてる」
「でも、今の会話だけで不倫してるとは言えないんじゃ……」
「そう言うなら、試しにこのデータを週刊誌に持っていってみようか？　吉永自動車のイケメン御曹司兄弟がドロドロの不倫関係にあるなんて、みんな飛びつくネタだよ」
彼の言葉に息をのんだ。
「やめてください……っ！」
そんなことになったら、悠希さんは専務の座を奪われる。社員のために尽くし、頑張ってきた彼の努力が無駄になってしまう。
青ざめた私に向かって、青島さんがにこりと笑った。

「じゃあ、俺の言うことを聞いてもらおうかな」

「言うことって、いったいなにを……」

「俺はね、穂香ちゃんを不幸にしたいわけじゃないんだ。だけど、厚意で申し出た結婚の話を一方的に破棄されて、あぁそうですかって納得できるほど大人でもない。だから、君の誠意を見せてくれないかな」

意味がわからずごくりと喉を上下させる。彼はテーブルの下で手を伸ばし、私の膝に触れた。

「ひと晩だけ俺のものになってくれれば、この件は秘密にしてあげるよ」

するりと膝を撫でられ、嫌悪感に鳥肌が立つ。

「あ、青島さんに抱かれろって意味ですか？」

「それでこのスキャンダルがもみ消せるんなら、安いものだろ？」

「でも、そんなの……」

悠希さん以外の男の人に抱かれるなんて、絶対無理だ。考えるだけで気持ちが悪くなる。

「今夜連絡するから、それまでに考えておいて。俺に抱かれるか、御曹司のスキャンダルを表に出すか」

青島さんはそう言い残しカフェを出ていく。残された私はしばらくその場から動けなかった。

その日、家に帰ってからも動揺はおさまらず、悠希さんの顔を見ることができなかった。

そんな私を不審に思った悠希さんに「なにかあった？」とたずねられたけど、体調が悪いと嘘をついてごまかした。

その嘘を信じ込んだ彼は私をベッドに寝かせ、ふわふわのタオルケットで体を包んでくれた。体温計におでこに貼る冷却シート、風邪薬に痛み止め。スポーツドリンク、フルーツ、おかゆ、ゼリー飲料に栄養ドリンク。ありとあらゆるものを用意し、私の手を握ってくれる。

少し体調が悪いと言っただけなのに……。

あまりの過保護さに思わず笑い、そして涙が込み上げてきた。

「大丈夫か？」

潤んだ私の瞳を、悠希さんが覗き込む。

その優しい表情を見て、やっぱりこの人が大好きだなと思った。

「悠希さん、前に夢の話を聞いたじゃないですか」

ベッドに横になり手を握られながらそう言うと、悠希さんは「あぁ」と頷いた。

「あの夢、変わってないですか？」

「変わってないよ。この先もずっと社員たちが誇れる会社であり続けたい。そのために、俺は兄の翔真を支えていこうと思ってる」

彼の真剣な気持ちが伝わってきて、涙をこらえながら「素敵ですね」と微笑む。

「それから、最近もうひとつ夢ができた」

「なんですか？」

「穂香を一生幸せにすること。年をとってよぼよぼの老夫婦になっても、ずっと穂香の隣にいたい」

その言葉に胸が詰まった。私が黙り込むと、「ノーリアクションかよ」と悠希さんが苦笑する。

「だってこんなことを不意打ちで言われたら、なにも言えなくなっちゃいます……っ」

こらえきれず涙が溢れ、ごまかすように枕に顔をうずめる。悠希さんはそんな私の頭を優しく撫でてくれた。

「今日は無理せずゆっくり休めよ。隣にいるからなにかあったら声かけて」

私が頷いたのを見て、悠希さんは部屋を出ていった。

薄暗い部屋の中、涙を拭い天井を見つめる。

悠希さんと彩菜さんが不倫をしているのかはわからないけど、彼らの間になにかの秘密があるのは確かだと思う。

あの音声データが週刊誌に売られたら、間違いなく悠希さんの立場は悪くなる。

悠希さんには今までたくさん守ってもらった。だから今度は私が彼の夢を守りたい。

そう強く思い、私の心は決まった。

ちょうどその時スマホが震えた。青島さんからの着信だった。

私は息を吐き出し、通話ボタンを押した。

意地悪な彼の独占欲

金曜の夜、私は都内のホテルにいた。青島さんに呼びだされ、悠希さんには実家に泊まると嘘をついてここにやってきた。

一階のロビーを見渡すと、ラウンジにいた青島さんが私に気付き、立ち上がる。

「穂香ちゃん」

笑みを浮かべた彼のもとへ向かう。緊張で足が震え、手が冷たくなっていた。

「来てくれてうれしいよ。さっそく部屋に行こうか」

私の腰を抱いた青島さんに、「待ってください」とお願いする。

「その前にラウンジで温かい飲み物を飲んでもいいですか？　緊張で、体が震えてしまって」

私がそう言うと、青島さんは「いいよ」と頷いてくれた。

「じゃあ、少しラウンジで休もうか。夜は長いしね」

青島さんと向かい合って座り、気持ちを落ち着かせるようにゆっくりと周囲に視線を向ける。ホテルのロビーに隣接したラウンジは、ほどよく賑わっていた。

ウエイターの男性が飲み物を運んできてくれる。私の顔色が悪く見えたのか、「なにか御用があれば遠慮なくお申しつけくださいね」と気遣う言葉をかけてくれた。

ぎこちなく微笑み返しながら、覚悟を決めてここに来たんだから動揺しちゃダメだと自分に言い聞かせる。

温かいカフェオレが入ったカップに手を伸ばすと、手が震えカチャカチャと耳障りな音が鳴ってしまった。

「すみません」

謝った私を見て、青島さんは気を悪くするどころかうれしそうに笑う。

「緊張してるんだね。大丈夫だよ、優しくするから」

穏やかな口調で言いながらも、欲望のこもった視線を私に向ける。彼はこれから私を抱くつもりなんだ。そう思うと、背中に冷たい汗が流れた。

「……あの、援助と引き換えに私と結婚しようとしたり、悠希さんの不倫を調べたり。どうして青島さんはこんなに私にこだわるんですか？」

なにか会話をしていないと間が持たなくて、そんな質問をする。

「実は、俺は君のお母さんのことがずっと好きだったんだ」

「母を……？」

「あぁ。彼女は俺の五歳上のいとこで、憧れのお姉さんだった。自分が高校を卒業したら告白しようと思っていたのに、二十歳で妊娠して結婚したと知った時はショックだったよ」

青島さんはまっすぐに私を見つめ、話し続ける。

「しかも病気で若くして亡くなって。信じられない気持ちで行った葬儀で、彼女の生き写しのような君に出会ったんだ」

話しているうちに、青島さんの視線が異様な熱を帯びていくような気がした。その目で見つめられると、背筋が冷たくなる。

「お母さんのことは手に入れられなかったけど、穂香ちゃんなら自分のものにできる。そう思って、よろこびに体が震えたよ」

熱に浮かされたように言う青島さんを見て、激しい嫌悪感に襲われた。ゆがんだ欲望をぶつけられ、恐怖で体が震える。

「すぐにでも口説きたかったけど、俺たちの年齢差は十五歳もあるし、遠いとはいえ親戚関係だからね。正面から口説いたんじゃ体裁が悪い。だから店のアドバイザーとして信頼を得て近付こうとして……って、こんな話はいいか」

青島さんは会話を切り上げ、こちらを見た。

「そろそろ部屋に行こう」

「待ってください。その前にボイスレコーダーをもらえますか？」

「なんのことだい？」

「青島さんの言うことを聞く代わりに、あのレコーダーをくれるんじゃ……」

「俺はこの件を秘密にすると言っただけで、ボイスレコーダーをあげるとは言ってないよ」

「そんな」

彼はポケットからボイスレコーダーを取り出し、私の前で振ってみせた。

「俺の相手をするだけで秘密が守られるんだから、安いもんじゃないか。これからも俺の相手をし続けるなら、これを週刊誌に売ったりはしないよ」

ひと晩だけじゃなく、これからもずっと……？

「嫌なら帰ってもいいんだよ。俺はそのまま週刊誌の編集部に向かうけどね」

言葉をなくした私を見て、青島さんが楽しげに笑った。

「ほら、部屋に行こう」

青島さんが私の手首を掴み、立ち上がらせる。その時たくましい腕が伸びてきて、私の体を抱きしめた。

「——穂香に触るな」

ぞくっと震えるような低音が響く。その声には怒りが込められていた。

信じられなくて目を見開く。

どうして彼がここに……。

震えながら振り返ると、悠希さんの整った顔があった。彼は私を抱きしめ、青島さんに鋭い視線を向けていた。

「な、なんでお前が……」

動揺する青島さんを悠希さんが見下ろし、口を開く。

「今の話、聞かせてもらった。相手に性行為を強要するのは間違いなく犯罪だ。お前を訴えさせてもらう」

「ふ、ふざけるな。穂香ちゃんは自分の意思でここに来たんだ」

「ふざけてるのはお前だろ。卑怯な手段で脅迫し穂香を苦しめたことは絶対に許せない」

端整な顔立ちの彼が、怒りをあらわに青島さんを睨む。その迫力に、ラウンジにいた人たちの注目がこちらに集まった。

青島さんは額に汗を浮かべながら歯ぎしりをする。

「そ、そんな態度を取っていいのか？　俺は、吉永自動車の御曹司のお前が不倫してる証拠を持ってるんだぞ。なんなら今ここで聞かせてやってもいい」

大声で言い、ボイスレコーダーを見せつけた。

周囲の注目が集まる中であの会話を流されたら……。

「や、やめてください……！」

必死に止めようとした私の横で、悠希さんは少しの動揺も見せず「かまわない」と頷いた。

「悠希さん……っ？」

「やましいことはなにもない」

悠希さんはそう言うと、青島さんの手からボイスレコーダーを取り上げ、自ら再生ボタンを押した。

録音された悠希さんと彩菜さんの会話が流れ、周囲の人たちが眉をひそめる。

「ほ、ほら。お前は兄に隠れて兄嫁と連絡を取り合っていた。不貞行為の証拠だろ！」

「証拠というにはお粗末すぎるな。この音声データは編集されてる」

悠希さんの言葉に目を瞬かせる。

「ど、どういうことですか？」

「周囲の雑音が不自然に途切れてるだろ。不必要な部分が切り取られ、不貞行為をしているかのように繋ぎ合わせてある」

「じゃあ悠希さんは、不倫をしていない……？」

「するわけないだろ。そもそも彩菜とこの会話をした時、翔真もその場にいた」

はっきりと断言され、安堵で体から力が抜けそうになる。

よかった。悠希さんは私を裏切っていたわけじゃないんだ……。

ふらついた私の体を、悠希さんがしっかりと抱きとめてくれた。

「こんな音声データを週刊誌に持ち込んだところで、相手にされるわけがない。だからお前はこれを利用して、もっと確実なネタを作ろうとした。違うか？」

「確実なネタ？」

「穂香を抱いたところを撮影して、吉永自動車の専務の妻が不倫をしている証拠を残そうとしたんだろ。週刊誌に売るつもりだったのか、穂香を脅し続けるつもりだったのかは知らないが」

驚いて青島さんを見ると、彼は唇を噛んで視線をそらした。

「それから、せりざわがつぶれるという噂を流したのも、アメリカで穂香を襲ったのもお前だな。開示請求の手続きをして映像を手に入れるまで時間がかかったが、周囲の防犯カメラにはっきりとお前の顔が映っていた」

アメリカの自宅の前で、背後から腕を掴まれたことを思い出す。あれも、青島さんだったんだ……。

悠希さんから糾弾された青島さんは、突然大きな声で叫んだ。

「お、俺は穂香ちゃんを愛してたんだ！　彼女をずっと見守ってきたのに、突然現れたお前に奪われて、黙っていられるわけがないだろっ！」

すごい剣幕で詰め寄られ恐怖で身を固くすると、悠希さんが青島さんの腕を掴んだ。そのまま体をねじ伏せ、体重をかけて床に押しつける。青島さんの顔が痛みにゆがんだ。

「ふざけるな！」

悠希さんは身動きの取れなくなった青島さんに向かって怒鳴る。

「それは愛なんかじゃない。彼女の幸せも考えず身勝手な欲望をぶつけ、恐怖で支配しようとしたお前はただの犯罪者だ」

悠希さんにそう言われ、青島さんの体から力が抜けた。抵抗をやめ、手足を床に投げ出す。

「二度と穂香に近付くな」

ぞくっとするほど威圧的な口調で言ってから、悠希さんが立ち上がる。青島さんは自由になった後も、その場にうずくまったままだった。

「今後は弁護士を通して連絡する。穂香を苦しめた報いはしっかり受けてもらうからな」

悠希さんは青島さんに向かってそう言い捨てると、こちらを見た。

「行こう」と短く言われ、私たちはホテルのラウンジを後にした。


「あの、どうして悠希さんがここに……?」

車の中でたずねると、運転席の悠希さんが大きくため息をついた。

「数日前から穂香の様子がおかしいことに気付いてた。マリッジブルーかなとも思ったが、強張った表情で実家に泊まると言われて、なにかあると思ったんだ」

ちゃんと嘘をつけたと思っていたのに、彼の観察眼の鋭さに驚く。

「空くんに連絡をして聞いたら、穂香は泊まりにきていないと言われた。行き先の手がかりがないかと穂香の部屋を探して、ホテルの名前と日時が書かれたメモを見つけた」

「あ……」

青島さんから電話がきた時、とっさにメモをとったことを思い出す。動揺していてそのメモを処分し忘れたんだろう。自分のうかつさに情けなくなる。

「ラウンジで話していてくれて助かったよ。もし部屋に入っていたら、ひとつひとつドアを蹴破らないといけなかった」

物騒な物言いに驚きながらも、悠希さんに心配と迷惑をかけてしまったことが申し訳なくて謝る。

「本当に、すみませんでした。音声データを週刊誌に売られたら、悠希さんが会社を追われてしまうと思って……」

「それで、あの男に抱かれようとしたのか？」

鋭い視線で睨まれ、慌てて首を横に振った。

「ゆ、悠希さん以外の男の人に抱かれるなんて、絶対に無理です！」

「じゃあどうしてホテルに行ったんだ」

「なんとかしてボイスレコーダーをもらって、部屋に入らず逃げ出そうと思っていたんです」

「ひとりで対処しようとするなんて、危険すぎる」

「でも、念のためロビーにいたスタッフさんに『言い争いになったら声をかけてください』とお願いしていましたし、万が一部屋に連れ込まれても助けが呼べるように防犯ブザーも用意して……」

私が説明すると、悠希さんは大きく息を吐き出した。そして真剣な表情で私を見つめる。

「頼むから、二度とそんな危ないことをしないでくれ」

その口調から彼がどれだけ心配していたのかが伝わってきて、罪悪感に胸が痛んだ。

「……すみません」

深く頭を下げて謝る。

「それに、あんな音声データを聞いただけで不倫したと思うなんて。俺はそんなに信用ないか？」

「そ、そういうわけではないですけど、彩菜さんは素敵な人ですし、実際にアメリカにいる時に何度も電話がかかってきていたし……」

「わかった。じゃあ、これから翔真の家に行こう」

悠希さんはそう言うと、車を路肩に止めた。

「電話をしてきた相手と話せば納得できるだろ」

相手って彩菜さんじゃないの……？

私が戸惑っているうちに、悠希さんは翔真さんに電話をかけ「今から行く」と短く告げた。

翔真さんのご自宅は都心にある高級マンションだった。高層階のドアを開くと、そこには小さな天使がいた。

「ゆうきくんっ！」

大きな目を輝かせぱたぱたと音を立てて走ってくるのは、三歳くらいのかわいらしい女の子。玄関に立つ悠希さんに、女の子が力いっぱい抱きついた。

「あいたかったよー！」

悠希さんは熱烈な歓迎に笑いながら、彼女のことを抱き上げる。

「美羽《みう》、元気だったか？」

「げんき！　ゆうきくんは？」

「俺も元気だよ」

「よかったねぇ」

女の子はにっこりと笑い、小さな手で悠希さんの頭をなでなでする。そのやり取りのかわいさに思わず息をのんでいると、悠希さんがこちらを見た。

「穂香。この子がアメリカに電話してきた相手。翔真と彩菜の子どもの美羽」

電話をかけてきたのは、美羽ちゃんだったんだ……。

そう思いながら「美羽ちゃん、はじめまして」と挨拶をする。

「美羽、この人は穂香。俺の結婚相手」

私を紹介された美羽ちゃんは、目を真ん丸にして固まってしまった。

「……ゆうきくん、けっこんしゅるの？」

「あぁ。大好きな穂香と結婚して夫婦になるんだ。いいだろ」

そう言った途端、美羽ちゃんの大きな目からぽろりと涙がこぼれた。唇をへの字にして悠希さんを見つめる。

「やぁだっ！　みうがゆうきくんとけっこん！」

「俺は穂香を愛してるから、美羽とは結婚できないんだ」

「どうしても？」

「どうしても。ごめんな」

悠希さんは優しく笑い、ぐすぐすと鼻をならしながら泣く美羽ちゃんの頭を撫でてあげる。

美羽ちゃんは悠希さんのことが大好きなんだな。

ふたりのやり取りを微笑ましく見ていると、ぞくっとするほど冷たい視線を感じた。ハッとして顔を上げる。長身の翔真さんが廊下に立ちこちらを見ていた。その視線はすべてを貫いてしまいそうなほど鋭かった。

「悠希、美羽を泣かせたな？」

静かで穏やかな口調だけどものすごい威圧感が込められていて、思わず息をのむ。

「え。俺なにも悪いことしてないけど？」

「大事な娘を泣かせてその無責任な発言は、親として見過ごせないな」

「翔真。美羽がお前より俺のことが好きだからって、嫉妬するなよ」

「嫉妬じゃない。娘に近付く悪い虫を警戒しているだけだ」

「悪い虫って、ひどいな」

「そもそも美羽が父である俺よりお前の方が好きなわけないだろ。ちゃんと訂正してもらいたい」

「いやいや。どう見ても俺の方が好きだろ。この懐きっぷりが見えないのか？」

「アメリカに行っていてたまにしか会えなかったから、めずらしがってるだけだ」

美形兄弟の口げんかが始まりハラハラしていると、「もうふたりとも、その辺にして」と彩菜さんが間に入った。

「美羽、おいで」と悠希さんの腕から美羽ちゃんを引き取る。

「穂香さん、驚かせてごめんね。翔真さんは娘を溺愛してて、美羽のことになると過剰なくらい親バカになっちゃうの」

「い、いえ……」

確かに、普段とのギャップがすごくて驚いてしまった。

でもこのやり取りでなんとなく事情がわかった。

美羽ちゃんは大好きな悠希さんと電話でお話をしたいけど、翔真さんがヤキモチをやいてしまうから、彼が仕事に行っている昼間に電話をしていたんだろう。それがちょうどアメリカだと真夜中だったんだ。

そしてあの音声データは、こんな調子の口げんかを切り取って悪意のある編集をしたんだろう。

納得し、ホッと胸を撫で下ろす。

それにしても彩菜さんは相変わらず綺麗だ。兄弟げんかをするふたりを前にしても冷静で穏やかで。上品な淑女ってこういう人のことをいうんだろう。

私が感心していると、翔真さんが彩菜さんを抱き寄せくすりと笑った。

「俺は美羽のことだけじゃなく、彩菜のことも愛してるよ」

そう囁かれたとたん、彩菜さんの顔が真っ赤になった。

「しょ、翔真さん。そうやって不意打ちで囁くはのやめてくださいっ」

彩菜さんはさっきまでの落ち着きが嘘のように取り乱し、早口でしゃべり出す。

「どうして？　俺は本心を言っただけだけど」

「翔真さんは自分の破壊力の強さを理解してないんですっ。ゼロ距離で見ても完璧な美貌と、鼓膜どころか背骨まで溶けるくらい色っぽい声を持ってるんですよ？　そんな翔真さんに耳元で囁かれたら、心臓が持ちません……っ！」

「毎日愛を囁いてるんだから、そろそろ慣れてくれてもいいのに」

「翔真さんの魅力に慣れる人類はいませんから！」

私がぽかんとしていると、彩菜さんの腕の中にいる美羽ちゃんが「ママはパパがだいしゅきなんだよね」とにこにこ笑った。

それを聞いて、彩菜さんがハッとしたように手で口を押さえる。

「穂香さんごめんなさい。翔真さんがカッコよすぎてつい気持ちが暴走して……」

慌てて謝った彩菜さんに、悠希さんがあきれ顔で私に教えてくれた。

「彩菜は上品でおしとやかに見えるけど、こっちが素なんだよ。翔真のことが好きすぎて、愛を語り出すと止まらなくなるの。俺はこんなやり取りを小さい頃からずっと見せられてきたんだ。うんざりする気持ちもわかるだろ？」

確かにこんなに翔真さんを愛してる彩菜さんが、悠希さんと不倫をするわけがない。

そして彩菜さんの素を知って、綺麗なだけじゃなくとてもかわいらしい人だなと思った。

クールな翔真さんが彼女を溺愛しちゃうのも当然だ。

「納得してくれたか？」

「はい。変な誤解をしてすみません」

私が謝ると、「誤解って、なにかあったの？」と彩菜さんが首を傾げた。

「いや。ちょっと行き違いがあっただけ。これから家に帰って、たっぷり仲直りのいちゃいちゃするから大丈夫」

にっこりと笑った悠希さんに、私は思わず真っ赤になった。

自宅に帰ると有無を言わさずベッドルームに連れ込まれた。私を組み敷いた悠希さんが、首筋に噛みつくようなキスをする。

「ゆ、悠希さん、待って……、シャワーとか……」

「待たない」

悠希さんは私を見下ろして意地悪に微笑んだ。

「じゃあ、せめて電気を……っ」

「どうして？」

「恥ずかしいからに決まってるじゃないですかっ」

「じゃあ今日は、穂香が恥ずかしがることをいっぱいして、おしおきしようかな」

「おしおき……？」

「俺に内緒であの男に会いに行ったと知って、どれだけ心配したと思う？」

低い声で言われ、思わず眉を下げる。

「そ、それは、本当にすみませんでした」

「頼むから、もう危ないことはしないでくれ」

その真剣な表情に息をのむ。彼がどれだけ心配してくれていたのかが伝わってきて、胸が震えた。

「二度と俺のそばを離れるな」

「はい……。これからもずっと、悠希さんのそばにいます」

頷くと、いつもとはちがう荒々しいキスをされた。乱暴に舌をからめる。心から私を求めてくれているのが伝わる、情熱的なキスだった。

「ん……っ」

寝室に、私の短い吐息が響く。キスだけで気持ちよくて呼吸が乱れていく。

キスに翻弄される私を、悠希さんの茶色の瞳が見つめていた。獲物を捕らえる獣みたいな獰猛で色っぽい視線に、体の奥がうずく。

服を脱がされ、私だけが裸になる。悠希さんは煽情的な視線をこちらに向けながら、私の脚を持ち上げた。

そして足首に唇を押し当てる。そのいやらしい光景を見て、体の奥から蜜が溢れた。

「ん……、悠希さん……っ」

足首にキスをされただけなのに、快感に襲われ涙目になる。

「足先からうなじまで、体中にキスマークをつけていいか？」

「か、体中……？」

「もう二度と穂香が逃げていかないように、全身に俺のものだってしるしをつけたい」

独占欲をむき出しにする彼は壮絶なほど色っぽくて、ぞくぞくと体が震えた。

「なぁ、ダメ？」

長し目でこちらを見下ろしながら、私の足首に唇を近付ける。こんなに甘い誘惑を断れるわけがなかった。

「つけてください……。私の心も体も全部、悠希さんのものだから」

上ずった声でそう言うと、悠希さんが「はっ」と息を吐き出して笑った。目元にかかる髪をかき上げ、私の足首に口づける。

雄の色気全開の彼の姿に、「んん……っ」と甘い声が漏れた。体の奥がうずいて、背中が浮いてしまう。

ちくりと痛みを感じ、足首にキスマークがつけられる。彼に愛されていることを実感し、涙で瞳が潤んだ。

そんな私を見下ろして、悠希さんが意地悪に笑った。

「穂香はほんと敏感だよな。これからたっぷりおしおきするんだから、今からそんなに感じてたら、体がもたないぞ」

「……だって、悠希さんが好きすぎるから、感じちゃうんです」

涙目で彼を見つめると、悠希さんが一瞬言葉に詰まる。そして大きく息を吐き出してからこちらを睨んだ。

「とことん焦らすつもりだったのに、そんな風に煽られたらすぐに入れたくなるだろ」

私を見つめる彼の色っぽさに、恥じらう余裕もなくおねだりの言葉が出た。

「い、入れてください。今すぐ悠希さんが欲しいです……」

「本当に。穂香はかわいすぎる」

悠希さんは余裕のない声でそう言い、服を脱ぎ捨てる。そして、その日は何度も抱き合い、お互いの愛を確かめ合った。

エピローグ

よく晴れた冬の日。私は白亜の壁が美しいチャペルの入り口にいた。

今日、悠希さんと私は挙式をし、十字架の下で愛を誓う。

緊張しながら息を吸い込み、隣にいる父を見る。モーニングを着た父の肩には力が入り、瞳は潤んでいるように見えた。

私以上に緊張している父の姿に、思わず「ふふっ」と笑みが漏れる。

「そんなに緊張しなくても大丈夫だよ。今日は身内しかいないんだから」

「あぁ。だけど、きっと天国から母さんが見てるだろ？　花嫁の親代表として、カッコいいところを見せなくちゃ」

父の言葉を聞いて空を見上げた。

「お母さん、見てるかな」

「見てるよ。穂香が素敵な人と巡り会えたことを、きっととてもよろこんでる」

「悠希さんのカッコよさに、キャーキャー言ってたりしてね」

「それは困るな。悠希くんが相手じゃ勝てる気がしない」

挙式の始まりの時間を待つ間、小声でそんな話をしてくすくすと笑い合う。

式場のスタッフの女性が「もうすぐ入場です」と声をかけてくれた。

息を吐き出し背筋を伸ばすと「穂香」と名前を呼ばれた。

「幸せになるんだよ」

その愛情のこもった言葉に、涙が込み上げてしまう。

私たちの前で、チャペルの扉が開かれた。光に溢れた空間が広がり、一瞬目がくらんだ。

赤いバージンロードが敷かれた美しいチャペル。大きな十字架の下には、タキシード姿の悠希さんが立っていた。

私の姿を見て、眩しそうに目を細める。その優しい表情に胸が震えた。

一歩一歩彼に近付き、祭壇の前で立ち止まる。

「穂香をよろしく頼むよ」

父がそう言いながら、私の手を悠希さんに渡した。悠希さんは父と目を合わせ、真剣な表情で頷く。

「必ず幸せにします」

力強い言葉に、まぶたが熱くなった。

私たちは今日、このチャペルで愛を誓う。

明日も明後日もその先もずっと、彼と一緒にいられるように。この幸せな日々が生涯続きますように。

そう願いながら涙を拭い、悠希さんと微笑み合った。

END

特別書き下ろし番外編

旦那様のみだらなわがまま

結婚式を終えた俺と穂香はチャペルの前に立ち、列席してくれた親族や友人たちを見送っていた。

俺の両親や、穂香の父親、弟の空くんをはじめ、たくさんの人たちから祝福の言葉をもらった。ひとりひとりに感謝を伝えながら、隣にいる穂香に視線を向ける。

彼女が着ているのはデコルテの部分がレースで覆われ、ウエストから柔らかなチュールが広がる純白のウエディングドレス。

絢爛豪華というよりもナチュラルで清楚なデザインで、透明感のある穂香の魅力を存分に引き出していた。このウエディングドレスは、今日の挙式のためにオーダーしたものだ。

幸せそうに笑う彼女を見つめながら、世界で一番美しい花嫁だなと心の中で呟く。ドレス姿の彼女を見ると、穂香と夫婦になったことを改めて実感して、胸がいっぱいになった。

ちなみに来月行われる披露宴には、広い会場でも映えるようビジューがちりばめられた華やかなドレスを用意している。

試着した姿を見たけれど、そちらもとても似合っていた。披露宴の参加者たちに見せるのがもったいないくらい。

披露宴には三百人以上の関係者を招待していた。きっと穂香の美しさに見とれる男もいるだろう。その様子を想像してちょっと不機嫌になる。

披露宴の当日、こっそり背中にキスマークを付けておこうかな。穂香は俺のものだとわかるように。

そんなことを考えていると、「ほのかちゃんっ」とかわいらしい声が聞こえた。

笑顔で駆けてくるのは、翔真と彩菜の娘の美羽。薄いピンクのワンピースを着た愛らしい美羽の姿を見て、穂香の表情が緩んだ。

穂香が体を屈め、美羽の小さな体を抱きとめる。

「ほのかちゃん、けっこんおめでとう！」

「ありがとう、美羽ちゃん」

俺が結婚すると知った時は嫌だとぐずった美羽だけど、何度か会ううちにすっかり穂香に懐いてしまった。

今ではとても仲良しで、今日の式では結婚指輪を運ぶリングガールも務めてくれた。

「美羽。俺にはおめでとうを言ってくれないのか？」

横から美羽の顔を覗き込むと、「あ。ゆうきくんも、おめでとう」と思い出したように付け足される。

「なんか穂香のついでに祝われてる気がする。ちょっと前までは『みうがゆうきくんとけっこんする！』って泣いてたのに」

不満を漏らした俺を見て、穂香がくすくすと肩を揺らして笑った。

「そうだ、美羽ちゃん。これあげる」

穂香が髪に飾っていた白いバラを抜き取り、美羽の髪にさしてあげる。

「わぁ、ありがとう！　かわいい？」

「うん。とってもかわいい」

花をつけてもらった美羽は、うれしそうにくるくると回る。穂香はそんな美羽を優しい表情で見つめていた。

穂香と美羽の無邪気なやり取りに癒されながら、俺たちにも子どもができたら……と想像する。

女の子でも男の子でも、きっとかわいくてたまらないと思う。

穂香と協力しながら子育てをして、全力で向き合って、一緒に遊んで、楽しい思い出をたくさん作りたい。広い世界を旅していろんな景色を見せてあげたいし、様々な経験をさせてあげたい。

子どもを甘やかしすぎるのはだめだとわかっているけれど、おねだりされたらなんでも買ってしまいそうな気がする。

翔真以上の親バカになって、穂香に叱られるかもしれないな。

そんなことを考えていると、翔真と彩菜が近づいてきた。ふたりに気付いた美羽が顔を輝かせる。

「ね、パパママ、みて。おはなもらったの。みうも、はなよめさんみたい？」

美羽の問いかけに、彩菜は微笑んで頷く。

「本当だ。素敵なお花をつけてもらって、花嫁さんみたいにかわいい」

そんな彩菜とは対照的に、翔真は無言で黙り込んだ。翔真は整った顔をしているから、わずかに眉を寄せるだけで迫力がすごい。

「翔真、顔が怖い」

俺が指摘すると、翔真はハッとしたように表情を緩める。

結婚式というおめでたい場で、不機嫌さを見せてしまったことに気付いたんだろう。

翔真は「悪い」と短く謝った。

「パパ、どうしたの？」

首を傾げた美羽に、翔真は葛藤するように声を絞り出す。

「将来美羽が結婚することを想像して複雑な気持ちになったんだ。美羽には幸せになってほしいけど、もし悪い男にひっかかって泣かされでもしたら……」

苦渋をにじませながら呟く翔真の隣で、彩菜が苦笑しながら美羽に説明する。

「ごめんね。パパは美羽がかわいすぎて、将来が心配でたまらないみたい」

その様子を眺めながら、やっぱり翔真は親バカだなと苦笑した。

「今からそんな心配をするなんて、いくらなんでも気が早すぎるだろ。あんまり干渉しすぎるとうざがられるぞ」

俺があきれ顔でそう言うと、穂香がくすくすと笑いながら口を開いた。

「美羽ちゃんは、翔真さんと悠希さんっていう、とっても素敵な男性を見て育っているんですから、悪い男なんかにひっかからないと思いますよ」

穂香の言葉に、彩菜が「私もそう思う」と頷く。

「翔真さんと悠希を基準に育ったら、美羽は悪い男にひっかかるどころか、異性に求める理想が高くなりすぎて、将来苦労するんじゃないかって少し心配」

「そうですよね。こんなハイスペックな父親と叔父がいたんじゃ、周囲の男の子たちがかすんで見えちゃいそう」

穂香と彩菜は、翔真とは反対の意味で美羽の将来の心配をしているらしい。

「でも美羽が付き合うなら、俺たち以上の男じゃないとダメだろ」

「あぁ。俺や悠希を軽く凌駕するくらい優秀で頼れる男じゃないと、美羽との交際は認められない」

俺と翔真が当然のように言うと、穂香と彩菜は困ったように顔を見合わせた。

「彩菜さん。悠希さんや翔真さん以上の人が、この世に何人いると思います？」

「どう考えてもいないわよね。どうしよう。ハイスペックすぎる父親と叔父のせいで、美羽が恋愛できなくなるかもしれない……」

深刻な口調で呟く穂香と彩菜のことを、美羽はきょとんとした顔で見上げていた。

列席してくれた人たちを見送ってから「じゃ、行くか」と俺が言うと、穂香は微笑んで頷いた。

「着替えておうちに帰りましょうか」

「いや。今日は家に帰らない」

「え？」

「ホテルの部屋を取ってある」

「悠希さん、ホテルって……」

不思議そうな顔をする彼女の膝の裏に手を入れ抱き上げる。驚いた穂香は「きゃっ」と声を上げ俺の肩にしがみついた。

「約束を忘れたのか？　挙式が終わったら、そのままドレス姿の穂香を抱きたいって言ってただろ」

俺の言葉を聞いて、穂香の顔が一気に赤くなる。

「あれ、本気だったんですかっ？」

「本気に決まってる。そのために式の後はなにも予定を入れなかったんだからな。ドレスの試着の時も、挙式の最中も、穂香を抱きたくて仕方なかった」

耳元で囁くと、穂香の頬がじわじわと赤くなっていく。恥ずかしさをこらえながらこちらを見る表情が、かわいくてたまらない。

「ずっと我慢していたご褒美が欲しい。いいだろ？」

ねだるような視線を向ける。

穂香は少し黙り込んだ後、俺の肩にぎゅっとしがみつき小さく頷いてくれた。そんな彼女のつむじに微笑みながらキスを落とす。

ウエディングドレス姿の穂香を抱き上げたまま、チャペルに隣接するホテルへと向かった。

詰襟の制服を着たドアマンが、俺たちのためにドアを大きく開いてくれる。エントランスのスタッフたちも、恭しく頭を下げ出迎えてくれた。

エントランスに入って来た俺たちを見て、その場に居合わせた利用客たちがため息を漏らすのがわかった。

「わ、素敵。花嫁さんと花婿さんだ」

「映画の撮影みたい」

そんな声が聞こえてくる。

「悠希さんがかっこいいから、注目を集めてますね」

「穂香が綺麗だからだろ」

そう言って、目を合わせて微笑み合う。幸せで胸のあたりがくすぐったい。

エレベーターで最上階に向かい、客室のドアを開けた。広いスイートルームを堪能する余裕もなく、奥にあるベッドルームへと進む。

穂香をベッドに組み敷くと、シーツの上にドレスが広がった。

美しい純白のウエディングドレスに身を包んだ彼女を、自分だけのものにできる。

優越感と興奮で体が震えた。

「ゆ、悠希さん。本当にこのままするんですか……？」

動揺しながらこちらを見上げる穂香に、「嫌？」と首をかしげる。

「い、嫌ではないんですけど……。なんだか緊張して」

「どうして？」

「たって、タキシード姿の悠希さんがかっこよすぎるから……っ」

穂香にそう言われ、自分の体を見下ろした。

俺が着ているのはウエディングドレスのデザインに合わせて選んだ、アイボリーのタキシード。

「普段のスーツと変わらなくないか？」

色や素材は違うものの、形はスーツと大差ない。

そう思いながらたずねると、穂香は「全然違いますよ！」と首を横に振った。

「悠希さんがタキシードを着るとスタイルのよさが強調されてかっこいいし、華やかな光沢のあるジャケットが似合っているし、髪もいつもよりしっかりセットしていて色っぽいし、そんな王子様みたいに素敵な悠希さんに抱かれちゃうんだと思ったら……」

早口で勢いよく反論した穂香が、途中で言葉に詰まる。恥ずかしそうに口をつぐんだ彼女を見て、くすりと笑った。

「タキシード姿の俺に抱かれると思ったら、いつもより興奮する?」

そう問いかけると、穂香の頬が一気に紅潮する。

穂香は恥ずかしそうに目をそらし答えてくれなかったけれど、表情を見れば気持ちは十分伝わってきた。

「かわいい」

額に短くキスをすると、穂香は「んっ」と声を漏らす。ぴくりと跳ねた華奢な肩を見て、彼女が緊張しているのがわかった。

数えきれないくらい抱き合ってきたのに、未だに初心な反応をする穂香が愛おしくてたまらない。

「そんな風に緊張されると、初めて食事に行った時のことを思い出すな」

俺の言葉を聞いて、穂香が視線をこちらに向ける。

「待ち合わせの場所に来た穂香は、めちゃくちゃ緊張していて、手足の動きまでぎこちなくてかわいかった」

「し、仕方ないじゃないですか。男の人とふたりで食事するなんて初めてだったんですから」

むきになって言い訳する穂香に、くすくすと肩を揺らして笑った。

「懐かしいな」

恋愛にも結婚にも興味がなかったあの頃の俺は、穂香がこんなに大切な存在になるなんて想像もしていなかった。

今ではもう、彼女なしの人生は考えられない。愛おしくてかけがえのない、唯一の女性。

そんな思い出を振り返りながら、こつんと額をぶつける。

「穂香、好きだよ」

見つめ合いながらキスをする。お互いの気持ちを確かめるように、唇を重ね舌を絡ませると、穂香の表情がとろけていった。

「ん……、悠希さん……」

甘い吐息と共に、俺の名前を呟く。

穂香の髪を撫でながらキスを深くする。混ざり合っていく体温が心地いい。

幾重にも重なる薄いチュールをめくりあげると、白い脚とガーターベルトがあらわになった。純潔を表すウエディングドレスの下に隠れていたその姿は、狂おしいほど煽情的で背徳的で、思わずごくりと息をのむ。

穂香の脚の付け根に触れる。下着の上からなぞっただけで、すでに濡れているのがわかった。

「あ……、んんっ」

穂香は細い喉をのけぞらせ声を漏らす。恥じらっているのに敏感な体と素直な反応に、興奮が煽られた。

「まだキスしかしてないのに、もうこんなになってる」

チャペルの十字架の下で愛を誓った穂香は眩しいほどに清らかで美しかったのに、ベッドの上で俺に組み敷かれた彼女はとてもみだらで色っぽかった。

「や……っ」

「ほら。音、聞こえるだろ」

下着の隙間から指を差し入れゆっくりと動かすと、ベッドルームに水音が響く。

「んんっ。悠希さん、そんなこと言わないで……」

潤んだ瞳で懇願され、征服欲が刺激される。もっとめちゃくちゃにしたい。そんな欲望が込み上げ、ぞくりと背筋が震えた。

「純白のドレスを着た穂香を、とことん乱して自分だけのものにできるなんて最高だな」

　興奮で弾んだ息を吐きながらそう呟く。

「悠希さん……、や……ダメっ」

　俺が触れるたびに、穂香の華奢な体が小さく跳ね、濡れた声が漏れる。

　穂香のこんないやらしい姿を知っているのは俺だけなんだと思うと、優越感で体が熱くなった。

　穂香を抱けば抱くほど、俺は欲張りになっていく。

　もっと深く触れ合って、快楽を刻み込みたい。俺なしじゃ生きていけなくなるくらい、甘やかしてかわいがりたい。

　自分がこんなに独占欲が強く身勝手な人間だったなんて知らなかった。

　穂香を見下ろしながら細い脚を持ち上げる。早く彼女とひとつになりたい。そう思いながらベルトに手をかけたところで動きを止めた。

「悠希さん……？」

　穂香がこちらを見上げ、不思議そうに目を瞬かせた。

「悪い。ちょっと待って」

　避妊具がない。荷物はホテルのスタッフが前もって部屋に運んでくれているはずだから……。そう思いいったん体を離そうとすると、穂香がそっと俺の手に触れた。

「あ、あの、悠希さん。そのままで……」

彼女の行動の意味をはかりかねて「穂香？」とたずねる。

穂香は顔を真っ赤にしながら、必死に言葉を探しているようだ。

「私たちは夫婦なんですから、その……」

彼女の表情を見て、もしかして、と呟く。

「避妊しなくていいのか？」

確認するようにたずねると、穂香は恥ずかしそうにこちらを見ながら小さく頷いた。

「……悠希さんとの赤ちゃんがほしいです。ダメですか？」

その言葉を聞いて、理性が焼き切れるかと思った。

「ダメなわけないだろ」

必死に理性を奮い立たせながら、穂香を優しく抱きしめる。穂香も俺の背中に手を回し、抱きしめ返してくれた。

鼓動と体温を感じ、愛おしさが込み上げる。これからもずっと彼女と共に生きていく。なによりもかけがえのない俺の宝物。

白い太ももを開き、熱い高ぶりを押しつける。ゆっくりと腰を進め、なんの隔たりもなく彼女と繋がる。

そこは狭くてきついのに、とろけるように柔らかかった。直接感じる穂香の熱が、たまらなく気持ちいい。

華奢な体でけなげに俺の熱情を受け入れてくれる穂香が愛おしくて、自然と涙が込み上げてきた。

奥まで体を沈めると、穂香の内側がきゅんと収縮するのがわかった。その反応がかわいくて、さらに下肢が熱く硬くなる。

「愛してるよ、穂香」

囁くと、穂香は目に涙をためながら「うん」と頷いた。

「私も、悠希さんを愛してます」

快感に呼吸を乱しながらそう呟く。穂香の甘い声を聞いて、幸せで胸が震えた。

俺が腰を打ちつけるたびに、穂香の背中が跳ね「あ、あ、あ……っ」と声が漏れる。

ベッドルームの大きな窓からは柔らかな午後の光が差し込み、シーツの上で純白のドレスが揺れていた。その様子は目が眩むほど美しかった。

今この瞬間に心臓が止まっても悔いがないなと一瞬思い、やっぱりそれは嫌だなとすぐに考え直す。

明日も明後日もその先もずっと、穂香と共にありたい。十年後も二十年後も、よぼよぼの老夫婦になっても、幸せそうに笑う穂香のことを見ていたい。

そう思いながら見下ろすと、穂香もこちらを見上げていた。目が合うと、自然と微笑みがこぼれた。

愛おしくて泣きたくなる。こんな感情、彼女に出会うまで知らなかった。

この幸福な日々がこれからもずっと続きますように。そう願いながら、俺は穂香の体をきつく抱きしめた。

END

あとがき

結婚式から三カ月後。俺は穂香に付き添い産婦人科の病院に来ていた。最近彼女の食欲がなくなり、もしかしてと思い調べた妊娠検査薬で陽性の反応が出たからだ。

まず穂香だけが診察室に呼ばれ、俺は廊下で待つ。その時間がやけに長く思えたのは、たぶんとても緊張していたから。しばらくしてドアが開き「旦那様もどうぞ」と声をかけられた。診察室の中にはイスに座った穂香と、白衣を着た医師がいた。

「どうだった？」と俺がたずねると、穂香は「ちょっと予想外でした」と答える。まさか、穂香の体調に問題が見つかったんじゃ……。顔色を変えた俺に、医師が口を開いた。「母体も赤ちゃんも問題ありません。ただ、心拍がふたつ確認できました」

意味がわからず目を瞬かせる俺に、穂香が「赤ちゃん、双子だそうです」と教えてくれた。言葉を出せずにいると、「驚きました？」と穂香がこちらを見る。

「いや、穂香との子どもを同時にふたりも授かったなんてうれしくて……」胸に熱いものが込み上げ声が震えた。感激する俺を見た穂香が「よろこんでもらえてよかった」とうれしそうに笑う。「でも、普通の妊娠でも大変なのに、双子なら負担はさらに大きくなる。万が一穂香の体になにかあったら大変だから、万全の準備と対策を……」早口で言う俺を見て、穂香は「相変わらず過保護すぎです」と苦笑した。

「とりあえず今は、赤ちゃんを授かったことを素直によろこびましょう?」その言葉に肩から力が抜け幸福感が沸き上がる。「そうだな」と頷き、穂香の体を抱きしめた。


翔真と彩菜の子どもは女の子の美羽ちゃんでしたが、悠希と穂香の元には元気な双子の男の子が生まれそうだなと思い、あとがき代わりにこんな小話を書いてみました。

悠希はベリーズ文庫『両片想い政略結婚』にも登場していて、こちらは兄の翔真のお話です。翔真も弟に負けず劣らず策士で執着心の強い男なので、気になる方はぜひそちらもお手に取っていただけたらうれしいです。

今回表紙はつきのおまめ先生が描いてくださいました。美しすぎて見ているだけで時間が溶ける、素敵な表紙にしていただけて本当に幸せです。

そして、たくさんの本の中から本作を手に取ってくださりありがとうございました。

またいつか違うお話でお会いできるように、これからも頑張ります。

きたみ　まゆ

きたみ まゆ先生への
ファンレターのあて先

〒104-0031
東京都中央区京橋1-3-1
八重洲口大栄ビル7F
スターツ出版株式会社　書籍編集部　気付

きたみ まゆ先生

本書へのご意見をお聞かせください

お買い上げいただき、ありがとうございます。
今後の編集の参考にさせていただきますので、
アンケートにお答えいただければ幸いです。

下記URLまたは二次元コードから
アンケートページへお入りください。
https://www.ozmall.co.jp/enquete/IndexTalkappi.aspx?id=2301

策士なエリート御曹司は最愛妻を溢れる執愛で囲う

2024年12月10日　初版第1刷発行

著　者　きたみ まゆ
©Mayu Kitami 2024

発行人　菊地修一

デザイン　カバー　アフターグロウ
フォーマット　hive & co.,ltd.

校　正　株式会社文字工房燦光

発行所　スターツ出版株式会社
〒104-0031
東京都中央区京橋1-3-1　八重洲口大栄ビル7F
TEL　03-6202-0386（出版マーケティンググループ）
TEL　050-5538-5679（書店様向けご注文専用ダイヤル）
URL　https://starts-pub.jp/

印刷所　大日本印刷株式会社

Printed in Japan

ISBN 978-4-8137-1673-0　C0193

ベリーズ文庫 2024年12月発売

『覇王な辣腕CEOは取り戻した妻に熱烈愛を貫く【大富豪シリーズ】』紅《くれない》カオル・著

香奈は高校生の頃とあるパーティーで大学生の海里と出会う。以来、優秀で男らしい彼に惹かれてゆくが、ある一件により、海里は自分に好意がないと知る。そのまま彼は急遽渡米することとなり——。9年後、偶然再会するとなんと海里からお見合いの申し入れが!? 彼の一途な熱情愛は高まるばかりで…！

ISBN 978-4-8137-1669-3／定価781円（本体710円＋税10%）

『双子の姉の身代わりで嫁いだらクールな氷壁御曹司に激愛で迫られています』若菜《わかな》モモ・著

父亡きあと、ひとりで家業を切り盛りしていた優羽。ある日、生き別れた母から姉の代わりに大企業の御曹司・玲哉とのお見合いを相談される。ダメもとで向かうと予想外に即結婚が決定して!? クールで近寄りがたい玲哉。愛のない結婚生活になるかと思いきや、痺れるほど甘い溺愛を刻まれて…！

ISBN 978-4-8137-1670-9／定価781円（本体710円＋税10%）

『孤高なパイロットはウブな偽り妻を溺愛攻略中～ニセ婚夫婦!?～』未《み》華《はな》空《そら》央《お》・著

空港で働く真白はパイロット・遥がCAに絡まれているところを目撃。静かに立ち去ろうとした時、彼に捕まり「彼女と結婚する」と言われて!? そのまま半ば強引に妻のフリをすることになるが、クールな遥の甘やかな独占欲が徐々に昂って…。「俺のものにしたい」ありったけの溺愛を刻み込まれ…！

ISBN 978-4-8137-1671-6／定価770円（本体700円＋税10%）

『俺の妻に手を出すな～離婚前提なのに、御曹司の独占愛が爆発して～』惣領《そうりょう》莉《り》沙《さ》・著

亡き父の遺した食堂で働く里穂。ある日常連客で妹の上司でもある御曹司・蒼真から突然求婚される！ 執拗な見合い話から逃れたい彼は1年限定の結婚を持ち掛けた。妹にこれ以上心配をかけたくないと契約妻になった里穂だったが——「誰にも見せずに独り占めしたい」蒼真の容赦ない溺愛が溢れ出して…!?

ISBN 978-4-8137-1672-3／定価792円（本体720円＋税10%）

『策士なエリート御曹司は最愛妻を溢れる執愛で囲う』きたみ まゆ・著

日本料理店を営む穂香は、あるきっかけで御曹司の悠希と同居を始める。悠希に惹かれていく穂香だが、ある日父親から「穂香との結婚を条件に知り合いが店の融資をしてくれる」との連絡が。父のためにとお見合いに向かうと、そこに悠希が現れて!? しかも彼の溺愛猛攻は止まらず、甘さを増すばかりで…！

ISBN 978-4-8137-1673-0／定価770円（本体700円＋税10%）

ベリーズ文庫 2024年12月発売

『別れた警視正パパに見つかって情熱愛に捕まりました』森野《もりの》りも・著

花屋で働く佳純。密かに思いを寄せていた常連客のクールな警視正・瞬と交際が始まり幸せな日々を送っていた。そんなある日、とある女性に彼と別れるよう脅される。同じ頃に妊娠が発覚するも、やむをえず彼との別れを決意。数年後、一人で子育てに奮闘していると瞬が現れる！　熱い溺愛にベビーごと包まれて…！

ISBN 978-4-8137-1674-7／定価781円（本体710円＋税10%）

『天才脳外科医はママになった政略妻に2度目の愛を誓う』白亜凜《はくありん》・著

総合病院の娘である莉子は、外科医の啓介と政略結婚をし、順調な日々を送っていた。しかしある日、莉子の前に啓介の本命と名乗る女性が現れる。啓介との離婚を決めた莉子は彼との子を極秘出産し、「別の人との子を産んだ」と嘘の理由で別れを告げるが、啓介の独占欲に火をつけてしまい——!?

ISBN 978-4-8137-1675-4／定価781円（本体710円＋税10%）

『塩対応な魔法騎士のお世話係はじめました。ただの出稼ぎ令嬢なのに、重めの愛を注がれてます!?』瑞希《みずき》ちこ・著

出稼ぎ令嬢のフィリスは世話焼きな性格を買われ、超優秀だが性格にやや難ありの魔法騎士・リベルトの専属侍女として働くことに！　冷たい態度だった彼とも徐々に打ち解けてひと安心…と思ったら「一生俺のそばにいてくれ」——いつの間にか彼の重めな独占欲に火をつけてしまい、溺愛猛攻が始まって!?

ISBN 978-4-8137-1676-1／定価781円（本体710円＋税10%）

ベリーズ文庫 2025年1月発売予定

Now Printing

『溺愛致死量』　佐倉伊織《さくらいおり》・著

製薬会社で働く香乃子には秘密がある。それは、同じ課の後輩・御堂と極秘結婚していること！　彼は会社では従順な後輩を装っているけれど、家ではドSな旦那様。実は御曹司でもある彼はいつも余裕たっぷりに香乃子を翻弄し激愛を注いでくる。一見幸せな毎日だけど、この結婚にはある契約が絡んでいて…!?

ISBN 978-4-8137-1684-6／予価770円（本体700円＋税10%）

Now Printing

『タイトル未定（海上自衛官）【自衛官シリーズ】』　皐月《さつき》なおみ・著

横須賀の小さなレストランで働き始めた芽衣。そこで海上自衛官・晃輝と出会う。無口だけれどなぜか居心地のいい彼に惹かれるが、芽衣はあるトラウマから彼と距離を置くことを決意。しかし彼の深く限りない愛が溢れ出し…「俺のこの気持ちは一生変わらない」――運命の歯車が回り出す純愛ラブストーリー！

ISBN 978-4-8137-1685-3／予価770円（本体700円＋税10%）

Now Printing

『御曹司様、あなたの子ではありません！～双子ベビーがパパそっくりで隠し子になりませんでした～』　伊月《いづき》ジュイ・著

双子のシングルマザーである楓は育児と仕事に一生懸命。子どもたちと海に出かけたある日、かつての恋人で許嫁だった皇樹と再会。彼の将来を思って内緒で産み育てていたのに――「相当あきらめが悪いけど、言わせてくれ。今も昔も愛しているのは君だけだ」と皇樹の一途な溺愛は加速するばかりで…!?

ISBN 978-4-8137-1686-0／予価770円（本体700円＋税10%）

Now Printing

『本日で人妻を終了させていただきます！～冷徹御曹司は政略結婚の妻を溺愛したい』　華藤《かとう》りえ・著

名家ながら没落の一途をたどる沙織の実家。ある日、ビジネスのため歴史ある家名が欲しいという大企業の社長・瑛士に一億円で「買われる」ことに。愛なき結婚が始まるも、お飾り妻としての生活にふと疑問を抱く。自立して一億円も返済しようとついに沙織は離婚を宣言！　するとなぜか彼の溺愛猛攻が始まって!?

ISBN978-4-8137-1687-7／予価770円（本体700円＋税10%）

Now Printing

『この恋は演技』　冬野《とうの》まゆ・著

地味で真面目な会社員の紗奈。ある日、親友に頼まれ彼女に扮してお見合いに行くと相手の男に襲われそうに。助けてくれたのは、勤め先の御曹司・悠吾だった！紗奈の演技力を買った彼に、望まない縁談を避けるためにと契約妻を依頼され!?見返りありの愛なき結婚が始まるも、次第に悠吾の熱情が露わになって…。

ISBN 978-4-8137-1688-4／予価770円（本体700円＋税10%）

タイトル、価格等は変更になることがございますのでご了承ください。

ベリーズ文庫 2025年1月発売予定

Now Printing

『私、今度こそあなたに食べられません！～戻ってきた俺様幼馴染ドクターと危ない同棲生活～』泉野《いずみの》あおい・著

大学で働く来実はある日、ボストンから帰国した幼なじみで外科医の修と再会する。過去の恋愛での苦い思い出がある来実は、元カレでもある修を避け続けるけれど、修は諦めないどころか、結婚宣言までしてきて…!?　彼の溺愛猛攻は止まらず、来実は再び修にとろとろに溶かされていき…！

ISBN 978-4-8137-1689-1／予価770円（本体700円＋税10%）

Now Printing

『クールなエリート外交官の独占欲に火がついて～交際0日な私たちの幸せ演技婚～』朝永《ともなが》ゆうり・著

駅員として働く映茉はある日、仕事でトラブルに見舞われる。焦る映茉を助けてくれたのは、同じ高校に通っていて、今は外交官の祐駕だった。映茉が「お礼になんでもする」と伝えると、彼は縁談を断るための偽装結婚を提案してきて!?　夫婦のフリをしているはずが、祐駕の視線は徐々に熱を孕んでいき…!?

ISBN 978-4-8137-1690-7／予価770円（本体700円＋税10%）

Now Printing

『ベリーズ文庫溺愛アンソロジー』

人気作家がお届けする〈極甘な結婚〉をテーマにした溺愛アンソロジー！　第1弾は「葉月りゅう×年下御曹司とのシークレットベビー」、「宝月なごみ×極上ドクターとの再会愛」、「櫻御ゆあ×冷徹御曹司の独占欲で囲われる契約結婚」の3作を収録。スパダリの甘やかな独占欲に満たされる、極上ラブストーリー！

ISBN 978-4-8137-1691-4／予価770円（本体700円＋税10%）

タイトル、価格等は変更になることがございますのでご了承ください。

電子書籍限定

恋にはいろんな色がある。

マカロン文庫 大人気発売中!

通勤中やお休み前のちょっとした時間に楽しめる電子書籍レーベル『マカロン文庫』より、毎月続々と新刊発売中! 大好きな人に溺愛されるようなハッピーな恋から、なにげない日常に幸せを感じるほのぼのした恋、届かない想いに胸が苦しくなる切ない恋まで、そのときの気分にピッタリな恋が見つかるはず。

[話題の人気作品]

「君が欲しい」憧れの御曹司との一夜は溺愛包囲の始まり…!?

『懐妊一夜で、エリート御曹司の執着溺愛が加速しました』
藍里まめ・著 定価550円(本体500円+税10%)

強がり秘書×御曹司の焦れキュン恋愛攻防戦!

『お見合い回避したいバリキャリ令嬢は、甘すぎる契約婚で溺愛される~愛なき結婚でしたよね!?~【愛され期間限定婚シリーズ】』
惣領莉沙・著 定価550円(本体500円+税10%)

「俺は裏切らない」エリート検察官の一途な愛が爆発し…!?

『敏腕検察官は愛を知らないバツイチ妻を激愛する~契約結婚のはずが、甘く熱く溶かされて~』
吉澤紗矢・著 定価550円(本体500円+税10%)

エリート救急医に甘すぎる溺愛で溶かされて…!?

『無敵のハイスペ救急医は、難攻不落のかりそめ婚約者を溺愛で囲い満たす【極甘医者シリーズ】』
にしのムラサキ・著 定価550円(本体500円+税10%)

各電子書店で販売中

電子書店パピレス　honto　amazon kindle
BookLive!　Rakuten kobo　どこでも読書

詳しくは、ベリーズカフェをチェック!

小説サイト Berry's Cafe
http://www.berrys-cafe.jp

マカロン文庫編集部のTwitterをフォローしよう
@Macaron_edit 毎月の新刊情報をつぶやきます♪